全民微阅读系列

野猪横行的日子

YEZHU HENGXING DE RIZI

夏一刀 著

江西高校出版社

JIANGXI UNIVERSITIES AND COLLEGES PRESS

图书在版编目（CIP）数据

野猪横行的日子 / 夏一刀著 . — 南昌：江西高校
出版社，2017.11 （2021.1重印）
（全民微阅读系列）
ISBN 978-7-5493-5041-4

Ⅰ. ①野… Ⅱ. ①夏… Ⅲ. ①小小说—小说集—中国
—当代 Ⅳ. ① I247.82

中国版本图书馆 CIP 数据核字（2017）第 017559 号

出 版 发 行	江西高校出版社
社 址	江西省南昌市洪都北大道 96 号
总编室电话	（0791）88504319
销 售 电 话	（0791）88592590
网 址	www.juacp.com
印 刷	永清县晔盛亚胶印有限公司
经 销	全国新华书店
开 本	700mm×1000mm 1/16
印 张	14
字 数	160 千字
版 次	2017 年 11 月第 1 版 2021 年 1 月第 2 次印刷
书 号	ISBN 978-7-5493-5041-4
定 价	45.00 元

赣版权登字 -07-2017-50

目录

第三辑　暧　昧 / 100

第四辑　你是干什么的 / 142

第五辑　香　柚 / 183

第一辑　野猪横行的日子

> 只见十丈开外的塘尾头，小寡妇冬梅站在了马桥边。哇的一声，突如一声爆炸，冬梅开口骂了，那骂声如疾风、如骤雨。塘边的垂柳无风乱摆，水面起了无数的皱褶，塘底的鲤鱼吓得咚的一声跳出了水面……

——《骂街》

野猪横行的日子

饿死事小，失节事大。爹教我们做君子。但是在立德与立命不能两全时，爹痛苦地选择了后者。小说写出了特定历史条件下的特定事件，将人性的纠结、两难，人生的难堪、无奈，血淋淋地呈现在读者面前。

我爹说，穷且益坚，不坠青云之志。我爹说，饿死事小，失节事大。躺在凉床上，望着天上的星星，我爹给我们讲古人不为五斗米折腰的故事。

有一天，我捡了一块钱，立刻交给了老师。爹拿着我得的奖状，笑得合不拢嘴。爹说，西儿，好样的！

那一年我九岁。

爹说归说，我们听归听，吃起饭来，我们三兄弟还是像地狱里逃出来的饿鬼。

那个时候，吃上一口饱饭是人生最大的梦想。

爹出早工回来，拖起一个土坯碗到锅里盛粥。站在灶边，爹嘴一撮，呼噜噜一阵响，一碗水一样的稀粥就到了肚里。

母亲说，还吃一点干饭吧，吃一点菜。

爹说，饱了饱了。就拍拍肚皮，坐在门槛上抽叶儿烟去了。

爹抽完烟，到水缸里舀了一大瓢水喝，就敲响了挂在门前苦枣树上的铁钟，带领社员出工下地了。

爹那时是生产队长。爹读过书，有文化，爹长得伟岸，爹是我们三兄弟最大的骄傲。

那时候野猪横行。

开会的时候，爹问牛婆。牛婆，昨晚红薯地里是不是又来野猪了？

牛婆说，是的，夏队长，昨晚我和老虾和革命三人一起守夜，我们三人是轮流着睡呀，不知道那些畜生怎么还是把红薯拱了一大片，唉！

今晚轮到疤子和泥巴还有老狗守夜了吧？

是的。

那好，疤子，泥巴，老狗，你们三人晚上一定要睡警醒一点，听到没有？

疤子和泥巴老狗点头说，是！

守夜归守夜，一个秋天下来，一大片红薯地还是被野猪糟蹋得差不多了。

爹对着县里来蹲点的干部说，没办法啊，野猪太猖狂了，您看今年的任务是不是能少交一点？要不，真的会饿死人的。

野猪不但糟蹋红薯，更糟蹋苞谷。

爹一遍又一遍地警告我们。爹说，野猪的毛像钢针，一碰到人，就能把人扎成筛子；野猪的獠牙有一尺多长，能把人叉个极死；野猪用长嘴一拱，就能把人拱到半天云里；野猪跑起来像风，人怎么跑都跑不过的。千万不要到苞谷地里去知道吗？

有时候走夜路，走着走着，好像背后就有窸窸窣窣的声音跟着，肯定是野猪蹑手蹑脚地跟来了呢，我们也不敢回头，心惊肉跳地走着，然后突然狂奔起来。

害怕野猪，却未曾见到野猪，偏偏便极想见到野猪。

我和哥说，哥，敢不敢去见野猪？哥说，敢。

我哥只比我大一岁半，却长得比我瘦且矮。我便和像弟弟一样的哥哥选了一个有月光的夜晚去看野猪。

仲夏的夜晚，有风，风拂着密密匝匝的苞谷林，叶片发出沙沙的声响。

我和哥各自手里拿了一根木棒，朝着苞谷地深处潜伏过去。

果然，不一会，就听到另一处传来哗啦啦哗啦啦的苞谷杆相互撞击的声音和苞谷杆被折断的咔咔声。哥紧挨着我，吓得发抖，我的心也怦怦跳个不停。

我小声说，哥，我俩再挨近一点把。哥僵在原地，死活不肯上前。做弟弟的我却突然冒出一股勇气。我一傲头，就甩下哥哥，朝野猪的方向爬了过去。

野猪横行的日子

那一夜月光如水。

我轻轻地、悄悄地拨开眼前的苞谷叶，眼前的一幕让我呆如木鸡。

我爹在苞谷林中，疤子，泥巴，革命，老狗。他们在爹的指挥下，疯狂地掰着包谷，我爹再用脚把掰过的苞谷杆一根一根地踩倒。

爹赤着膊，挥舞着大手把掰下的苞谷集中在一起，然后一遍一遍地数，之后一个一个的数给疤子们。

我看月光下的爹，竟如一个打家劫舍、杀人越货的匪首，那样龌龊、卑鄙、奸诈。

爹在我心目中形象那一刻轰然倒塌，我的心被击得滴血。

我心抽得放声哭起来。

爹寻了声过来把我一把钳起来。

爹也呆了。

我突然一转身，狂奔起来。我哥尖叫着，在我背后连滚带爬地跟着我。

第二天我没有和爹说话，从此之后我不再和爹说话。直面碰到爹，我眼一低，侧身过去。

爹再也不呵斥我，有时哥哥和弟弟同时挨打，虽然三兄弟同时做了坏事，但我没事。

我拿了一把弹弓，恶狠狠地朝着苦枣树上的铁钟狂射。

爹坐在门槛上抽烟，一眼一眼地看我，看得出他想和我说话。但我不管。爹丢了一地的烟头，最后闷声走了。

学校斗私批修，我写了一篇小字报。

一个十分闷热的下午，蝉的叫声奄奄一息。

县里和乡里来了调查组。大礼堂里挤满了人，会场里的空气令人窒息。

我爹突然从人群中站起来，他把搭在肩上的汗褂不慌不忙地穿在身上，脚步坚定地走上主席台。

爹说，别查了，是我干的。

跪下！县干部一声断喝。

爹跪下了一条腿。一个干部飞起一脚，将爹的另一条腿踢弯下去。干部叉开五指，将爹高昂着的头使劲按压下去。

汗像水一样从爹的身上泻下来。

我躲在角落里，看着哭着的母亲，一片茫然。

晚上，我悄悄地躲在苦枣树下，不敢进屋。

突然，有人摸我的头，我回转身，爹赤着膊，穿了一件破旧短裤默默站在那里。

爹又伸手摸我的头。爹说，饿死事小，失节事大，西儿，你是好样的！

我突然一下抱住爹的腿，放声大哭起来。

兄　弟

王麻子成为现实状态下的正向代表，而自己的亲哥哥却走在了他的另一端。王麻子怒、恨。但一切外在的干戈，都不能剥蚀那一份血浓于水的亲情。王麻子艰难地平衡于不经意间，纠结、两难。最后巧妙施救哥哥于无声处。小说写了特点历史条件下的兄弟情，不管世事如何变幻，兄弟在，情不变！这是本篇小说的读点。

野猪横行的日子

　　王麻子有一个哥哥，叫王疤子。王麻子一脸坑坑洼洼，是个名副其实的麻子。王疤子并不疤，他名字的由来完全因为他弟弟王麻子。

　　王麻子当大队长，很威风，不可一世。他看不惯所有的人，整天绷着脸，不分青红皂白，见人骂人，见鬼骂鬼。因此，他得罪了大队里几乎所有的人。王麻子牛高马大，又有权势，人们不敢把他怎么样，就连带着给他哥哥起了一个恶意、咒诅的名字——王疤子。也算是恨屋及乌，解一口心头之气。

　　王麻子也骂他哥哥王疤子，尤其是当了大队长之后，骂得更凶。

　　王麻子骂王疤子，是因为王疤子的行为玷污了王麻子的名声。

　　没有见到世界上兄弟之间关系有那样恶劣的。

　　王疤子虽然长得高，但腰身从来就没有伸直过，像一张弓，肋骨一根一根数得清清楚楚。像纸糊的人一样，一起风，脚步就趔趄，好像会随风刮跑的样子。王疤子肩不能挑，手不能提，可嘴张着还是要吃饭呀！所以就干一些龌龊的事，在猪粪里面掺牛粪，在草木灰里面掺土坷垃……以假乱真骗工分。

　　有一次，王麻子骂王疤子，王疤子被骂急了，脱口回骂了一句，我 X 你老娘！

　　王麻子一听有人敢骂他老娘，凶神恶煞地回骂到，我 X 你祖宗十八代！

　　两兄弟突然一下意识到骂错了，同时一下禁了声，灰灰地散开了。

　　旁边的人希望着王麻子和王疤子狗咬狗，一下听到了，捂着嘴笑痛了肚子，心里舒畅极了。

　　那时候一到冬天，就要到湖区去修大堤，每个队要抽一半的劳动力去。冰天雪地，累死累活，谁想去呢！开会动员了半天，大家都勾着头不作声，都把眼睛往王疤子脸上扫。

王麻子站在人中间，大声说，王茂林去一个，王茂林是王疤子的大名。

王疤子的脸一下就白了，但他不敢作声。

大家想，赖也是赖不掉的，既然王麻子点了王疤子的名，王疤子都吃得消，说明今年的活不太重，就去吧。就那样半推半抽齐了人员。

几万人修堤，人山人海，人像蚂蚁般动来动去。

王疤子觉得挖土轻松一些，就挖土。挖了半天，满手都是水泡，疼得吃心。

下午他就挑土。

灰狗上土，他往土箕里上土，上一层，用锄头捶紧，再上一层，再捶紧。这样，一担土的重量就重了一倍。挑土的人看见了，懂得了灰狗的套路。眉来眼去之间，快活地大喊一声，走啰！挑起土箕就飞跑起来了。

王疤子就苦了，挑了两担把棉衣脱了，再挑两担，褂子就湿透了。一脸痛苦不堪的样子。

大家暗暗得意，心里像喝了蜜一样甜滋滋的，更加癫狂地挑起土箕你追我赶。

就看见王麻子巡视到了灰狗身边。

王麻子叫跟在身边的记工员到食堂里挑来了两只大箩筐。

王麻子道，灰狗，把箩筐上满。

灰狗就把箩筐上满了。

灰狗，把土捶紧，再上满。

野猪横行的日子

灰狗就把箩筐里的土捶了一遍，再上满。

灰狗，把它挑到堤上去！

灰狗的脸一下通红了，他没有动身，他挑不起呀！

王麻子接过一根竹棒，把两端插入箩筐的铁丝系里，扎下马步，然后一起身，就将那一担几百斤的土挑到了肩上。

王麻子一步一步走到了大堤上，把箩筐放下，将那一根竹棒远远的丢进了湖中的冰片上。然后头也不回地走了。

傍晚，一大钵萝卜放在地上，围一圈人，每个人都端着一只海碗吃饭，吃得热气腾腾。

这时听到饭钵摔碎的声音、人打斗的声音。

不知怎么回事，王麻子和王疤子打在一起了。王疤子当然不是王麻子的对手，拉扯了两下，王疤子就被王麻子骑在了身下。王麻子坐在哥哥王疤子身上，扬起了手巴掌。

就在大家要看一出好戏，兴奋地等待中，王麻子将要把扇在王疤子万念俱灰的脸上的大手停在了冷风中。

晚上，大家围在工棚里烤火。王麻子走进来说，大家选一个人出来，专门负责维修土箕、锄头、扁担，看看大家选谁。

那是一个美差，可以一边烧着坏土箕烤火，一边工作。不需要披雪淋雨，不要肩挑，不要手提。

大家你看我，我看你。

灰狗突然站了起来，说，我提议疤子哥吧，大家看如何？

可以可以，就这样定了，众人马上都附和着说。

王麻子用眼睛扫了大家一圈，什么也没说，就推开工棚的门，走进了漫天的大雪里。

山　枝

山枝，读书时成绩差，老师和同学们都不喜欢她，就连妈妈也瞧不起她。山枝割柴火厉害，这是她找到尊严的唯一的方法。为了维护自己可怜的尊严，她不得不拼命地割柴火，以至于成了她生活中的唯一。一个可怜的山枝，令人唏嘘。

那一次，我准备回城里，猛然看见车窗玻璃上糊满了牛屎。谁会这么缺德！我一下怒火中烧。

妈说，不是山枝还有谁，你听。

我听到对门山上山枝在高声地唱：正月里是新年来咿呀哟，妹娃子去拜年那啰喂……妹妹要过河，是哪个来牵我嘛？

山枝最后扯着嗓门的那一声喊，有些歇斯底里。我不禁好笑起来。妈也骂了一句，一个癫婆娘！

山枝是我小学同桌。

那时候山枝不说话，像一个哑巴，她妈妈常常追着她打，一边打一边恶毒地骂。她从不狡嘴，只是一边跑一边哭。

山枝成绩很差，又喜欢一个人躲在一边发呆，所以老师和同学们都不喜欢她。

读到二年级，山枝就不再上学了，老师和她的父母都认为她不是读书的料。

我不知道山枝回家后会干些什么。虽然和她家隔得很近，但我是从来不到她家去玩的。

突然有一天，山枝竟然在村里出名了。

那是十二三岁的时候，一天，妈妈要我去山里捡柴火，我哼哼唧唧不想去。妈妈发火说，不去，你比山枝还不如！

山枝这时候已经成了捡柴火的高手。特别是春天，山上的油茶树落叶了，用竹箩子箩了背回家。油茶树叶肉心厚，晒干了是很好的烧柴。

山枝常常背一个很大很大的竹花篓从山里回来，里面是堆尖了的茶叶。茶叶没干时，很重。山枝把身子向前面倾着，花篓的麻索系深深地勒进她的肉里。山枝因为用很大的劲，脸憋得通红，一行行的油汗像红蚯蚓一样爬在脸上。

看得出来，那时侯的山枝非常满足、自信，她脸上漾着很深的笑。

山枝被别人请过去箩茶叶，特别是被一个有钱的、平时很看不起人的叫有德的人请过去。这事让山枝的妈妈非常长脸，高声大嗓地在乡亲们面前说了很久。

后来山枝嫁人了，嫁到了邻村。那年她才十九岁。

她嫁人的一句最好的评语是她妈妈对媒婆说的，我家山枝勤快得很，不信你去问有德！

大概八年之后吧，山枝就疯了。

一个星期天，我和老婆在临江公园散步，看见草地里躺着一个披头散发的女人，我发现那是山枝，便赶紧打电话给妈妈。

我问，妈，我们村山枝是不是疯了？

妈说，是，现在都不知道跑哪儿去了。

我说你赶快通知她家里人来接她。

回家看妈，我问起山枝是怎么疯的。

妈说，她喜欢捡柴火，成天就知道捡柴火。屋前的禾场上，屋里，到处码着柴火。新年搭旧年，柴火都堆成山了。怎么烧得完！陈年的都变成土了。她男人不喜欢，骂她、打她，后来把柴火堆在一起一把火烧了。就那样，她哭了两天，后来就疯了。

山枝生了一个儿子，有二十多岁了。有一天我回家正好碰到他来外婆家，就说起了他妈。

我说，给你妈治过吗？

他说，以前治过，治不好，舅舅，你是医生，你说应该怎么办？

我说，她还喜欢捡柴火吗？

山枝的儿子一听到捡柴火就生了她妈妈的气，愤愤地说，怎么不捡！把柴草弄得到处都是，邋遢死了。

我说，她爱捡就让她捡吧，啊！由她吧。

后来，也就是在山枝把我的车糊满牛屎之后的一年之后，我走另一条路回家，看见山枝的儿子站在一幢楼房前。我停了车问他，你妈妈好些了吗？

他说，好了，只是……你看。他叹了一口气。

我看到他家的屋前屋后、屋左屋右，堆成了山的柴草。

天啊！现在谁还烧柴火。她儿子摇头。

这时我看见山枝背着一个很大的柴捆回家，那柴捆用一根小柴棍拦腰捆着，多出的一截，山枝用两只手紧紧地抓着，挽在肩上。因为柴捆实在很重，那一截柴棍深深地吃进她的肉里。山枝的头发已经花白了，脸上已经有了很多皱纹。但是她衣着还算整洁，她的脸上漾着很深的、很陶醉的笑。

我喊了一声山枝，她看了我一眼，马上低着头，不好意思地走开了。

她儿子说，她现在就是一个哑巴，不会答应你的。

外公和鱼

一个老人和湖生活了一辈子，和鱼生活了一辈子，他已经完全成了他们的一分子。把他捞到城市，无疑就是将一条鱼摆在沙漠里。回归才能活，即便是死于湖中，何尝不是一种归？

外公陷在沙发里打盹，他整天都陷在沙发里打盹。闭着眼，缩着头，涎水把下巴流湿一大片。把他弄醒，他猛地一惊，马上又陷进了混沌里。

妈妈除了叹气没有别的办法，毕竟他老人家七十多岁了，一不看电视，二不看报读书，三不打牌，四不串门。他能干什么？只能这么着罢。

我们唯一的办法就是把他送到姨妈家去住一些日子，让他在另一个沙发上继续打盹。

这一天姨妈打电话来惊慌异常地说，不好了，老爷子不见了！

我们立即分头寻找。

我和母亲驾车赶往外公在山里的老家。

外公住在离城五十公里的花溪湖尾头，外婆已经在母亲六岁的时候作古。

打开木门，我们发现了人新活动过的痕迹。外公那一叶小渔船已经不见了。我们在一个山湾的湖水边发现了荡着的外公的渔船。船里有一件深黑色的蓑衣，一个竹笠，一竹筒钓鱼用的红蚯蚓。我们划着船在湖里寻找，母亲流着泪，我一边荡桨，一边朝四面八方大喊——外公——外公——我们在浪渣里发现了外公的鱼竿，我将鱼线慢慢收拢来。突然，鱼竿猛地一沉，一条大鱼跃出了水面，落水时激起的水花险些将小船打翻了。母亲哭道，西儿，你外公是不是变成鱼了？

估计外公已经落湖，我们在外公的木屋里搭起了灵堂。我们守着一口空棺材，等着外公从湖里出来。虽然那样，气氛却更加肃穆。

只得慢慢烧着纸钱，用回忆打发漫漫长夜。

那时的鱼也真多啊！多得都吃不过来。你外公是一个捕鱼能手，他不消走远，就在屋前的沟港里赶鱼，那些沟沟港港弯弯曲曲从山旮旯里来，都和花溪湖接在一起。把赶罾放在水里，用赶耙在水里徐徐赶动，提起赶罾，鱼就在网底跳起来了。有鲫鱼，有刁子，有麻蛄，还有鳝鱼泥鳅和虾米，把赶罾压得往下坠着，不停地闪。你外公是个不苟言笑的人，只有捕鱼的时候，脸才笑得像一朵花，话也格外多呢。你外公一辈子和鱼打交道，把他接到城里，他就像丢了魂一样。

这我知道，我小时候和外公一起去捕过鱼。

我们在春天里捕上水鱼。春天里，雨一落，花溪湖就会涨水，鱼就会成群结队往上走。

记得那一年五月的上旬,总是落雨。整个花溪湖都笼罩在了雨里，雨有时候像飘在空中的蚕丝，有时候一根根挂着，像纳鞋底的绳子，

野猪横行的日子

更多的时候，雨像用水桶一桶一桶从天上倒下来，到处都是雨烟，满耳朵都是雨打树叶子的响声和水从山沟里流下来的声音。

那一夜，外公叫醒了我。外公背着赶罾，我挑着箩筐，我们点着松明子在青石板上吧嗒吧嗒地走。雨已经停了，只有树叶上的水还在滴，草虫子叫得格外响亮。

我们走到外公家的田边，那些田里的水哗哗地往下流，跌下一条条田埂，落进湖汊里。

在微弱的星光下，我看见水里蠕动着鱼儿们青黑色的背，密密麻麻。有的挤得跳了起来，看得见白光一闪一闪。鱼们就在水跌下去的地方上水，争先恐后地往上冲，被水冲下去了，又迎头冲上来。

我们不需要动手，把松明子插在田埂上蹲着看。外公两眼闪闪发光，他叼着旱烟杆，那根烟杆不停地发抖。

天快亮了，我们把上边山里的水撇开，把下面田埂的缺口用树枝拦住，放干田里的水。天麻麻亮时，一看，天啊！白花花满田都是鱼，一色瓜子鲫，像巴掌那么大，层层叠叠晒在那里，

去年，我把盹在沙发上的外公拍醒，说，外公，想不想和我一起回您老家一趟？外公一下来了精神，两腿一甩从沙发上站起来了。

回到外公家，我们把渔船推到沟港里，沟港连着花溪湖，外公打着赤膊，拼命地将船划进湖里，然后他用桨使劲地拍水，把水拍出噼噼啪啪的响声，水花落进船里，落在我和外公身上。他哈哈大笑，将手掌卷成一个喇叭，把笑声和喊叫声传到远山里。

我跟着外公狂叫大喊，突然听得一声水响，外公一头扎进水里，惊慌的当口，外公从水里冒出头来，将鼓着的腮帮一瘪，一线水流

向我射来，一条小鱼拌着水流敲到我的头上……

……

我们在灵堂里守了三夜，外公没有回来。

母亲说，你外公不会回来了，他变成湖里的鱼了。

老木外传

叹只叹一盘散沙，各怀鬼胎。责任面前，当缩头时且缩头。如果是合力讨债，债应该早就讨回来了。老木的欺软怕硬，贪图蝇头小利，恍惚间一个没死的阿Q。这篇文章对人的劣根性揭露入木三分。

"咔嚓咔嚓"，屋外雪地里有杂乱的脚步声、跺脚声。老木的心脏被跺得一震一震。

老木优哉游哉地喝着小酒，啃着一条狗腿，他十分享受眼前的小日子。什么尹相杰吸毒，美国打哇啦国，什么股票，什么雾霾，一切关他屁事！只要有一壶酒，一锅肉，能够糊得肚子圆，足矣！足矣！

脚步声把老木的心情搅乱了，那只美味的狗腿都舔出了木头的味道。

腊月初一早上，阿猫阿狗阿牛就戳在老木面前，他们找老木要工钱。八年前，老木做小包工头，阿猫阿狗阿牛跟着他出去做了半年工，现在每人还有几千块钱没得到。

老子又不是腊月初一的生日！老木烦得要死。

阿猫说，老木，八年了，钱你是给还是不给！

老木说，那狗日的朱总不是没给钱吗！叫我拿什么给你们！

阿狗说，老木，没给你去讨啊！你对我们凶什么？有本事你去凶朱总啊你！

老木说，我叫你们一起去讨，人多力量大，你们不去，把一切责任推在我头上，你们也太不仗义了吧！

阿牛说，你是包头，与我们何干！是不是？

阿猫阿狗阿牛说，是！与我们何干？

阿猫突然从刀架上抽出了一把菜刀，他把刀插在老木的裤腰带上。老木，有钱人最怕死，你把刀架在朱总的脖子上，我不信他不给钱，去吧！

三人把老木推出了家门。

老木在雪地里徘徊了半天，只得把菜刀别在腰里，朝五里路外的小镇走去，他要搭那里的中巴车去城里。

老木一路反省，觉得自己还真是太善了，朱总没钱吗？没钱住别墅？开几百万的小车？养几个小老婆？明摆着不是欺负我吗！老木心里的火苗一窜一窜。人善被人欺，马善被人骑，这次不给他点颜色看看，老子不是人养的！

老木来到朱总的别墅前。别墅的围墙很高，黑铁栏杆像一柄一柄的枪刺密密麻麻竖在那里。

老木退了两步，躲在大铁门的柱踩边，他想看到里面的人，又害怕看到里面的人。他知道院子里有一条大狗。前年的冬天，老木侥幸地走进了院子，突然间那条大狗一个饿虎扑食扑到他面前，那狗错着钉耙一样的牙齿，涎水滴在他的鞋上，眼光像两把钢锥扎进他的骨头里。老木是一点一点退出大院的，退出大院后发现他裤裆里在滴水。

老木摸了摸怀里的菜刀，你以为我怕你，我才不会怕你！

你不怕谁？

老木吓了一个趔趄，回头看见朱总站在他身边。老木尴尬地笑了笑。

朱总把老木拉进车里，车里暖暖烘烘的，老木顿时感觉得晕晕乎乎，先前心里的火苗一下全蔫了。

老木，你找我？

老木缩了缩脚，他鞋帮上有些积雪，积雪化了，汪出了一些水，他有些不好意思。

老木，你找我有事？

我我……我……老木的舌头有些不听使唤。

朱总丢给老木一包烟，两百块钱。老木，没什么事你就回去吧。

朱总打开车门，老木自然而然地下了车。

车开进了院子，铁门哐当一声关上了。

老木悔断肝肠，我怎么就不提钱的事！八年那，难得姓朱的今天有这么好的心情啊！

老木只得无限自责地回家。他摸着袋里的两百块钱，闻着那包好烟，心情才慢慢开朗起来。出门半天，得了一包好烟，两百块钱，哪里找这样的好事？阿猫阿狗阿牛，我凭什么给你们讨钱！

回到小镇上，老木的心情已经出奇地好了，他高高兴兴地走进了镇上的麻将馆。

野猪横行的日子

回到家已经是半夜。

饭桌上杯盘狼藉，地上一地的肉骨头。阿猫阿狗阿牛坐在火塘边，脸烤得通红。

老木瞄一眼玻璃酒坛里的药酒，好像去了半截，心里的火苗一下又燃起来了。

你们怎么还不走！

我们等你的钱那。

什么鬼钱，滚！

阿猫说，老木，你是不是想私吞我们的血汗钱！于是阿猫阿狗阿牛扯住了老木，去掏老木的口袋。

老木顺手从怀里抽出菜刀，追着三人砍来砍去。

阿猫阿狗阿牛夺门而去。他们在雪地里像三只无头苍蝇转了半天圈，最后互相埋怨起来。本来，阿猫看中了老木的那辆五成新的摩托车，准备趁机推走。阿狗悄悄地打探过老木的仓房，发现里面有一缸茶油，背走了可以卖两千块钱。阿牛也瞄准了老木火塘上面熏着的腊肉……现在，这一切都成了泡影。

老木透过玻璃窗看见他们三人不停地争吵，开心极了。他打开窗户大喊了一声，以后你们谁敢再进老子的屋，我就剁掉谁的脚筋！

阿猫阿狗阿牛不声不响地走了。老木从口袋里摸出一沓钱——这是他在麻将馆里赢的，他沾着唾沫数了三遍，嘴里嘟哝道，和我斗，谁也别想和我斗！

古　董

无心插柳柳成荫，有心栽花花不活。世间之事，一切有定数，一切无定数。老伍的行为无可厚非，却也让人感叹。

现在城里结婚可不是一件容易的事，房子、车子，七七八八，没有百七八十万打发不了。老伍的退休工资才一千多元，家里几无积蓄，住一套六十平方米的老房子。儿子已经三十出头，老伍急得寝食难安。

一日，老伍路过公园一角的地摊，看到一些人摆放的旧书旧报、坛坛罐罐之类的东西，便驻足翻看起来。一发黄的报纸上说，某人用一盒烟在河滩上一挖沙人手里换得一碗，竟然是一只汉碗。又某人，在乡下见一老妇给鸡喂食，食盆居然是一价值不菲的青花瓷。

据说，有许多宝贝流落到了民间。

老伍的外婆家就在一百多公里外的山里。老伍的心动了。

老伍清理了几件换洗的衣服，奔山里去了。

老伍沿一条溪边的石板小道往深山里走。

到了中午，见到一户人家，石板垒的墙壁，杉树皮盖的屋顶。一个看上去八九十岁的白须白发的老头靠在墙边晒太阳。老头闭着眼，好像睡在过去的岁月里。

半天，老头眼睛睁开了一条缝。老伍赶忙塞一支烟到老头嘴里。老头终于被烟熏醒过来。老伍有一句无一句的和老头闲聊。

野猪横行的日子

无意间，老伍一回头，瞄见屋角一只半大的坛子。老伍的某一根神经动了。找一借口，老伍进屋，仔细看那坛子，坛上还有一盖，象一张薄饼，蒙了尘垢，但滴溜溜的圆。坛子和盖都是老货。

老伍听见自己的心咚咚地跳。

老伍决定要和老头说一些话。

"老人家，怎么一个人住在这里？"

"喜欢"

"就不怕"

"怕什么？"

"狼呀、老虎什么的。"

"没有"

"不怕坏人？"

"山里没坏人"

"你住这么野，吃什么？"

"吃饭，"

"那来的米？"

"我有一个米坛子，装得五六十斤米，我侄子几个月来一次。"

"你那坛子也旧了，卖给我吧，我给你买一个新的大塑料桶来。"

"你要它干吗？"

"是这样的，我外孙学画画，画画你懂吧，要画素描，素描你不懂，总之就是照着坛子的样子把它画下来。"

"别的东西画不得？"

"老师说了，就是要画旧的坛那碗的。这样吧，我给你一百元钱，再送你一个大塑料桶。"

"不卖。"

"两百吧。"

老头眯着眼，不作声。老伍不敢再往上加价，他知道，加得越急，老头越不会松口。

太阳快要偏西，老伍看着冬眠似的老头，一点办法也没有，只得沿山路回去。

老伍从此心里就装上了那坛子，食不甘味，夜不成寐。

一个星期后，老伍搬了一大堆东西奔山里去。

老头："谢谢你了。"

老伍："值不了几个钱。"

老头："你为什么对我这么好？"

老伍："没什么。"

老头笑了笑。老伍第一次看见老头笑。

老伍成了老头家的常客。

老伍把老头垮了一角的墙壁重新垒好；老伍在山里捡了新的杉树皮把老头的屋顶重新盖了一层；老伍在老头的屋边垦出一小垄土，种上蔬菜和苞谷。老伍不提坛子，老头也不提坛子，好像压根就没有那坛子。

老伍一回到家就扇自己的耳光，老伍扇过自己许多次耳光之后，终于把持不住，想，冬天了，马上就要下雪，一下雪就会封山，无论如何，就是谋财害命，也得把坛子弄回来。

老伍背了一床棉被进山里去了。

老伍到了老头家，心就掉进了冰窟窿。

老伍："你那米坛子呢？"

野猪横行的日子

老头："打碎了。"

老伍："怎么就打碎了呢？"

老头："那天我忘了盖盖子，几只老鼠爬了进去，我用棍子打老鼠，把坛子打碎了。"

老头坐在火塘边，人缩成一团。

老伍坐在门槛边，肝肠寸断。

半天，老头开口道："兄弟，我知道，你第一次到我家就看上了我的坛子，你对我好也是冲着我的坛子来的。实话告诉你吧，我年轻的时候在旧军队当过文书，走南闯北，还打过仗。我过的桥比你走的路都要多。那坛子也不是什么古董，是我年轻时在山里烧炭时烧的，那盖子是我在溪沟里捡的一块石头。兄弟，我也不想再骗你，你以后别再来了吧。"

老头颤颤巍巍的起身，在墙角里摸索了半天。"以前还有一些小金东西，都卖完了，也没什么送你，你走吧，要下雪了。

老伍走时，看见溪沟里的坛盖，想，放在家里的金鱼缸里，还可以让两只乌龟歇歇脚，顺手带回家去。

老伍淘了两年古董，本想发一笔财，完成儿子的婚姻大事，却不想还倒贴了不少，老伴就很不高兴了。儿子三十多岁了，要结婚，买不起新房，只得改造老屋。老伍喊了一个所谓的文物贩子，房里一切坛坛罐罐，一咬牙，一万块钱全抛了。

老伍从此不再玩古董。

某一日，老伍参加市里的老年门球赛。路过博物馆，想起当年的行为，不觉好笑。想想还是进去看看吧。又顺便参观了一个奇石展，在一块参考价为五十万的奇石前，老伍立住了脚。眼前是一块扁扁平平、圆圆溜溜的似曾相识的石块，一副断桥相会图浑然天成，惟妙惟肖。

老伍呆看了半天，回到家翻箱倒柜，一屁股瘫坐在了地上。

一个月后，老伍就去世了。

骂　街

年轻的桂枝不想步婆婆的后尘靠骂街成名，但是，现实逼得她去当了一回泼妇。得胜的桂枝高兴不起来，她内心中追求着美好，却干了一件令自己不齿的事情。好在最后桂枝扇了学骂人的女儿一耳光。

那个年代的女人总喜欢骂街。

三天两头，就会有一个女人站在村东头，一个女人站在村西头，你来我往地对骂。

比谁骂的声音大，比谁骂得恶毒，比谁骂的时间长。

到第二天，骂赢了的女人昂首挺胸，趾高气扬，比凯旋的花木兰还要风光威武。骂输了的女人就像一只斗败了的鸡，也不合群，掉在一边，整日里羽毛杂乱，蔫头蔫脑，灰头土脸。

铁嘴英不是一般的角色，最厉害的，当然是一张嘴。每天一睁开眼睛，口一开，荤的素的，流水一样哗哗啦啦就来了，见鸡骂鸡，见鸭骂鸭，见狗骂狗，见猫骂猫，见桌子骂桌子，见板凳骂板凳。她骂人不重复，总是随机应变，顺口拈来，却往往又骂得挖坟刨坑，吃心剐肉，让被骂的人半天接不上话来，一口气憋在那里，脸涨成猪肝色，羞得只想一头在树干上碰死。

想不到的是，这样一张铁嘴，居然栽在了小寡妇冬梅的口下。

铁嘴英气得吐了一碗血，在床上躺了三天，从此以后不敢在人前大声说话。

但在家里，铁嘴还是一张铁嘴，甚至于过犹不及，更加的变本加厉了。

铁嘴英的男人整天像一根霜打的茄子——被铁嘴英骂的。

铁嘴英的儿子横眉竖眼，乍一看像一个狠人，可是一开口，结巴得捶胸顿足，半天还猜不到他说了一句什么。

指望着儿媳妇桂枝会有些出息，可是——她绝望的骂，我前世遭报应了呀！一屋的哑巴！

她看不惯桂枝的头发，看不惯她的衣着，看不惯她吃饭的样子、走路的样子、劳动的样子，看不惯她的一举手，一投足。这一切都变成冷嘲热讽，指桑骂槐，赶鸡打鸭。她希望儿媳妇突然一下像一只发疯的母狮，把她骂个狗血淋头，把她撕个遍体鳞伤。但儿媳妇那缩头乌龟的小样儿，看着看着就叫她的心像掉进了冰窟窿。

铁嘴英家在村里的地位每况愈下，似乎人人都可以肆无忌惮地将她的男人，将她的儿子，将她的儿媳妇挤兑调侃一番。

一家人生活在无形、有形的打压之中，窝囊、猥琐、喘气艰难。想起以前自己一张铁嘴骂遍四方，因此而得的地位，因此而像纳贡般得的好处，看看眼前，铁嘴英心中唏嘘，凄然不已。

这一天铁嘴英默默地跟着大家下地，搓脚舞手就要开始锄草，却没有看见桂枝的身影。她心里的火苗一下就窜到了头顶，她丢了锄头，两只蒲扇一样的大脚噼噼啪啪地拍着地面往家里奔。她酝酿着要将桂枝骂个半死。

那时桂枝一屁股坐在池塘的堤坝上，将两只脚伸在水里优哉游哉的打水。铁嘴英恨不得一脚把桂枝踢进塘里，外加一个盖子盖住。

正待要发作。只见十丈开外的塘尾头，小寡妇冬梅站在了马桥边。哇的一声，突如一声爆炸，冬梅开口骂了，那骂声如疾风、如骤雨。塘边的垂柳无风乱摆，水面起了无数的皱褶，塘底的鲤鱼吓得咚的一声跳出了水面。

铁嘴英听出来了，冬梅今天的对手是桂枝。哑巴一样的桂枝，且是冬梅的对手！

铁嘴英将要接住冬梅的骂回骂过去，忽听得桂枝不紧不慢，养着嗓子开了口。桂枝后发制人，见招拆招，借力使力，不怒、不恼、不气、不急，好玩儿似的。

这边桂枝消消停停，那边冬梅越是气急败坏，加足马力，上蹿下跳，拍胸打掌，声嘶力竭。

看到那架势，铁嘴英赶紧一缩身，躲进了一丛凤尾竹里面。

铁嘴英用手捂住嘴，她怕自己开心的笑声不小心跑出嘴。

桂枝和冬梅的对骂从一大早持续到中午，铁嘴英一直尖着耳朵听着，她听到冬梅的嗓子渐渐嘶哑起来，到最后，冬梅只剩下鸭公子叫了，已经听不出在骂些什么。桂枝这边，声音依然亮着，如搽了猪油，鲜润得很。

桂枝回到家，婆婆铁嘴英已经将中饭弄熟了，一个土钵炖了一只土鸡，香得让人直滴口水。鸡只有过年才会杀的，真是破了天荒。

结巴儿子伸出手就要到钵里抓，铁嘴英给了他一巴掌，吼道，把这碗汤给桂枝端过去！

结巴把汤端进房里，桂枝正在对着镜子端详。结巴看见她眼角挂着泪珠，大惑不解，问，你骂骂骂骂了个第一，哭什什什么？

桂枝说，我哭你娘死了。

我哭你娘死了！五岁的女儿不知何时站在了桂枝一边，她仰着小脸，学着妈妈的话。

桂枝一巴掌扇在女儿的脸上，黑着脸恶骂道，你要是敢学着骂人，看我不撕破你的嘴！

富人，穷人

富人，有钱。但是内心却一贫如洗。穷人，没钱，可是品质却像金子一般发光。谁富谁穷？有些人穷得只剩下钱了，那是真穷，那叫绝代穷。十年二十年后再来看两位曾经的少年，谁穷谁富将一目了然！

村口，两个少年争论得面红耳赤。到后来，你推我搡，几乎要动起手来了。

其中一个是王屠夫的儿子家福。

王屠夫打着赤膊，顶着一个圆鼓鼓的油肚子在肉架边剔骨头。他把儿子喊过来，问，是不是国强要打你？唉！

家福说，国强说我们家很有钱，不穷。

王屠夫猛然吐掉口中的烟屁股，我们当然不穷，我们是有钱人，是富人！他爸爸死了，妈妈是残疾人，他们才是穷人。

家福说，老师要我们填一张申请表，家里有困难的学生可以得到补助。

是这样吗？王屠夫赶紧从肉铺里伸出头朝国强喊，你过来！

王屠夫鼓着眼睛问国强，小杂种！是你说我们家不困难吗？不是穷人吗！

国强说，家福说你们家准备在城里买房子了。

王屠夫返身扇了家福一巴掌，然后突然捂住胸口，显出一种有病的样子，我全身都是病，高血压、冠心病、糖尿病，腿痛手痛脑壳痛，一年要花几千块钱看病。咳咳，他咳嗽了两下。

从来没听说过你有病，你想骗钱，国强倔强地说。

我没病你有病！我骗你们家钱了吗？王屠夫暴跳如雷。小杂种，你要是敢在学校里胡说八道，看我不割了你的舌头！王屠夫恶狠狠地拍着手中的尖刀。滚开些，比猪还蠢，难怪穷，穷鬼！

国强委屈的泪水在眼眶里打转。

妈妈背着一把锄头，身子一高一低地从地里回来，她看见儿子眼角的泪痕，摸摸他的头，问，国强，男子汉大丈夫，流血不流泪，为什么哭呢？

国强说，王屠夫叔叔骂我。

他为什么骂你？

我说他们家有钱。

啊，那他应该高兴啊！

妈，老师要我们填申请表，家庭有困难的学生可以申请补助。王家福申请了，可是他们家很有钱啊！

野猪横行的日子

妈妈问，那你申请了吗？

我没有，国强大声地说，

为什么不申请呢？

妈，我们不需要别人帮助，我们不困难，我们不是穷人！

妈妈帮国强擦掉眼角的泪珠，自己却忍不住泪光闪闪了。

二姑妈

二姑妈的遭遇很凄惨。二姑妈渴望亲情，在亲情面前又小心翼翼，夹杂着欢喜、被施舍的左右为难的尴尬。一个可亲、可怜、自尊自爱自重的小老太形象跃然纸上，令人动容。

正月初十那天，我是在离二姑妈家不远的小商店遇到二姑妈的。

好多年不见，但二姑妈一眼就认出了我。

二姑妈紧紧地拽住我的手，翻来覆去地摸着，眼睛上上下下地看我，脸笑得如一朵盛开的晚菊。这就是俺侄儿，俺侄儿，在中学当校长的侄儿呢！

我当副校长才一个学期，二姑妈竟然知道。

二姑妈问，小丁生意还好吧？玲儿应该九岁了，上学了吧？

从我上高中上师院再走上教师岗位，算起来应该有十多年没到二姑妈家走动了。

二姑妈居然记得我老婆姓丁，记得我女儿叫玲子，已经九岁。

我脸上有些发烧。

这是要忙到哪去呢？刀儿。二姑妈细声细气地问我。

我是要到我岳母家去吃晚饭的，摩托车不知怎么泄了气，就推到小商店找气筒加气，不期才遇到了二姑妈。但我赶紧说，二姑妈，我是来看您的，给您拜年的呢。

二姑妈一听，拔腿就奔出了商店，手脚并用地爬到屋外一个立着的石辘辘上，踮起脚尖，扯着嗓门朝自己的小屋方向喊二姑爷，叫他赶快烧火做饭，说，刀儿给我们拜年来了呢！

你的亲戚还真不少！晚上，老婆淡淡地抛出了一句话。

我知道她在生我的气，说，二姑妈无儿无女，孤苦伶仃，你说我到了她家屋门口，又遇到了她，又是正月，我能不进去吗？进去了嘴都不打湿我就转身走吗？

赶场那天，我突然在校园里看到了二姑妈。每月逢三、八的日子，是乡镇上的赶场日，二姑妈肯定是来赶场的。

二姑妈穿得整整齐齐，挽了一个竹篮，竹篮里绑了一只大公鸡。老人家幸福地笑着，站在桂花树下面东张西望。我知道她是在望我，就赶忙将她老人家扶进了屋。

其实看得出，二姑妈是来给我回拜年的。同辈之间，礼尚往来，但是二姑妈对于我，完全可以免礼，二姑妈却郑重其事的来了。

老婆正在镜前化妆。我赶紧走到她身边低声提醒道，二姑妈。老婆看了二姑妈一眼，喊了一声，没有起身，盯着镜里的嘴唇仔细地描。然后就风急火燎出了门。老婆在乡街上开了一个小店，老婆忙她的生意去了。

我和别人调了两节课，就在家里张罗着中饭。二姑妈帮我打着下手，一边聊着家常。我说，二姑妈，我一个人就行了，您去看电视吧。

二姑妈有些没地方站的样子。终于就浅浅地坐在了客厅的沙发上，两只手规规矩矩地放在膝盖上，毕恭毕敬地望着电视。

我打电话叫老婆回家吃饭，老婆说，在忙，你们先吃吧。我说你就不能挤出一点时间回来吃一顿饭吗？

看出我有些急，二姑妈说，不急，等小丁一块吃吧。

等了好一会，老婆没有回来，我心里窝着一些火气，但我压着。

二姑妈几乎不吃菜，吃了一丁点米饭，喝了一小碗汤，稍坐了一会，起身就要走。我极力挽留，二姑妈坚持要走，我只得将二姑妈送出校门，一并交给她一个纸条，嘱咐她万一有事，一定要邻居打电话给我。

又一个赶场的日子，隔壁张老师的母亲王阿姨提了一小袋绿豆给我。她说，这是你姑妈给你送来的，我要她等你下课，她说有事，就走了。

后来又在赶场的日子收到二姑妈送来的或者一个小南瓜，或者一些红薯，或者十几个鸡蛋。但我每次都没遇到二姑妈。我就对王阿姨说，下次她送东西来，您无论如何帮我把她留住，或者马上告诉我。

又一个赶场日。老婆说，姑妈今天肯定会来，我在家里等她。我说生意不做了？老婆说，叫妹妹帮忙看一下。

我心里一暖，有一种要将老婆搂进怀里的冲动。

老婆特意买了一只仔鸡，熬成汤，一并又做了好几道可口的菜。

一直等到中午，却不见二姑妈来。我到场上找了个遍，人已经散得差不多了，没有找到二姑妈。

我赶紧丢下筷子，跑到场上，仍然没有找到二姑妈。

这天，老婆说，姑妈好久没来赶场了吧？

我和老婆默默地吃着饭，校门卫推门进来，交给我一只鸭子，说，这是你姑妈送来的，是一个七八十岁的没了牙齿的白头发老人，是不是？

我突然想起，已经好久没收到二姑妈送来的东西了。

老婆说，没生病吧？不过去看看？

也许是的，但怎么没接到二姑妈的电话呢？

就在星期六去看二姑妈。

二姑妈果然病了，躺在床上。人已经瘦了一大圈，精神极度虚弱，讲话都已经有些含混不清了。

我拉住老人家的手，说，二姑妈，我送您上医院吧。于是立即拨通了乡医院的电话。

我叫二姑爷清理几件二姑妈的换洗衣服。二姑爷犹豫了一下，打开衣柜，我看见柜门上歪歪斜斜的刻着我的手机号码。

这时二姑妈的脸骇人的阴了下来。二姑妈不停地摆着头，嘴里呜哇着。突然间，不可思议，二姑妈抓起一个枕头朝二姑爷砸过去。

二姑爷顿悟似的立刻住了手，进而坚决地说，人老了就是这个样子，不麻烦你、不麻烦你。

车一会儿就来了。二姑妈突然翻了个身，两只手缠住了木床的栏杆，死死不松。僵持了好久，看见二姑妈一副决绝的样子，也只得作罢。

我俯下身子，贴着二姑妈的耳朵轻声地说，二姑妈，我每天放学了来陪您。

到第七天，我去看二姑妈时，二姑妈已经安安静静地躺在一口黑黑的棺材里了。

桂　花

两代人对于钱财，对于情义的不同态度，折射出了人性中美的那一部分的出走。守住一棵树，是守护一个人，守护一段情。可是现实如洪流般挟裹一切，泥沙俱下，令人无法阻挡。故事除了给我们留下伤感，也给我们留下了思考。

黑皮一回到家，就打定主意要卖屋边那棵树了。

那是一颗桂花树，生长了有四十多年，树干有水桶那么粗，高已经平了木屋的顶。

桂花树的长相非常好看，过身的人远远看见了，会加紧脚步走过去，使劲地盯着看，一边咂嘴一边走，走了好远好远还要回头来看。特别到了八月，桂花开了，香得十里八里，人便醉在花香里。

黑皮摸着桂花树黑黑细细的皮，像摸着一叠一叠崭新的百元大钞。十二万啦！黑皮激动得不能自己。

黑皮把卖树的想法告诉爹黑老八之后，两人就大吵起来了。爷俩平时的关系处理得很生分，两人都犟，从来就没有好好谈话的时候。

七十岁不当家，八十岁不理事，你黄土都埋到颈项了，管这些事干吗！我说卖就要卖！黑皮把一只酒杯摔碎在地上，狠狠地说。

好你个混蛋，你要卖就把我一起卖了吧！黑老八用粗糙的黑手抹着脸，鼻涕眼雨糊得到处都是。

吵闹声惊动了隔壁的五伯娘。五伯娘怪黑皮说，黑皮，你一年到头回来不得几回，一回来就把你爹气得哭，你爹把你一泡屎一泡尿养大容易吗？你长一点孝心好不好！

黑皮气鼓鼓地说，他越老越糊涂了。那颗桂花树人家都出到十二万了，他死活不肯卖。你说气人不气人？

五伯跟在五伯娘的后面，五伯老就老了，却一贯嬉皮笑脸，没一点正经。他一听到黑皮和黑老八吵架就有些莫名其妙的高兴，有些幸灾乐祸。

五伯看戏不怕班子大，他数落黑老八，老八，你是猪脑壳啊！十二万还不卖，你是不是越活越转去了？

五伯娘大声地呵斥住五伯，把黑老八喊到桂花树下面小声地说起话来，八兄弟，你看看周围人家，都修起了楼房，你家还是一个板壁屋，黑皮都三十多了，还没成个家，你就依了他，把树卖了吧，我知道你舍不得这棵树……五伯娘说话的声音软了，她抹了抹眼角。

吊车开到了黑老八的屋门口，三个壮汉在挖桂花树，黄土起得到处都是。

黑老八坐在门槛上，看着树，一只一只地吃叶子烟，手从早上一直抖到黄昏。

你走开些，树就要倒了，打你不死是不是？黑皮看痴痴呆呆的黑老八一眼，老气横秋地说。

黑老八突然惊醒了过来，他对挖树的人说，师傅，你慢些。就四处地寻找什么东西。

五伯娘也一直站在屋边看，五伯娘说，八兄弟，俺禾场里堆着稻草，你去扯吧。

黑老八扯了一捆一捆的稻草，层层叠叠地铺在桂花树下面，悉悉索索像铺稻草床一样仔仔细细。

铺好之后，黑老八就进了小屋。

桂花树轰然一声倒地，惊得面壁坐着的黑老八身子一歪，几乎摔倒。

桂花树吊上车走时，买树的人说，老家伙只怕有些毛病。

五伯笑着说，他有些发神经。

五伯娘用竹扫帚扑了五伯的脚一下，黑着脸说，你在这里瞎嚼些什么！你不晓得老八的堂客是怎么死的吗？

她是摘桂花掉下来摔死的，我不晓得吗？

你晓得？你晓得个屁！

五伯娘鄙夷地白了五伯一眼，扫着禾场走开了。

砸车窗玻璃的孩子

每一个人都渴望得到重视，当他感到自己被忽视时，就会显示一下自己。或者是用一种好的方式，或者是用一种坏的、对别人有害的方式。这里的小孩是在用砸玻璃的方式告诉别人自己的存在。但是怎样让小孩以后不再砸玻璃才是根本。其实，这个意义引申开，会让我们明白很大的道理。

水泥公路从国道上接下来，七弯八拐了三十里就到了一个叫七里岗的地方。岗上错错落落住了十几户人家，有一个小商店，一个从前书声琅琅现在废弃了的小学堂。

就这样，也算是山里一个热闹的地方了。

司机老张在乡里开了十几年中巴，水泥路一通，他就把站点延伸了过来。从此，七里村和周边几个乡村，住在山旮旯里的人进进出出方便多了。车一停，从城里买来的花花绿绿的东西堆满一地。车走时，顶上堆满了瓜菜、药草。木框里关了乌龟水鱼、花蛇，人也一个个从山里菌子一样长出来，擦干净脚上的牛屎、泥巴，跳上车出发。

老张这天从池塘里打来一桶水，低头认认真真地擦着车子。哗的一声，一块车窗玻璃破了，掉在地上。老张偏头朝马路旁一看，马路边是油茶林，他看见一个人飞快地从老树干上滑了下来。老张一下就知道是怎么回事了，他恼羞成怒，拖起拖把，嘴里大骂着追了过去。前面跑着的是一个叫石头的小孩。石头的两个脚板翻飞着，山地里的落叶卷起了一条龙，哗哗地响着向前滚了过去。老张追到一个坎边，石头已经消失得无影无踪了。

老张扯着嗓门骂了一通娘，返身奔到小商店里。

小店里有一个麻将室，搓麻将的声音盖过了山里的鸟叫。石头的爷爷嘴里叼了一根纸烟，因为起了一手好牌，激动得杂乱的胡子一抖一抖。

老张一把抢了石头爷爷嘴里的烟，使劲扔在了门外。老家伙，你孙子又打破了我一块玻璃，你看怎么办！

怎么办？你去找他妈，找他爸，关我鸟事！石头的爷爷眼睛都懒得斜一下，他摸了一张牌在手里，不急着看，用两个手指探了一探，然后猛地拍在桌上，高兴地一声大喊，胡了！

老张气得要死。

石头的爷爷这时歪过头来，狠狠地说，你给我抓，抓住了你挑他的脚筋，你剥他的皮，我不怪你，我请你吃四盘八碗。

石头的爷爷不是不管，儿子儿媳整天在屋里动刀动枪地打架，石头四岁那年，儿子扯起媳妇的头发往墙上撞，媳妇撞掉了两颗门牙后跑了，第二年，儿子出去打工，再也没有回来。这之后，石头的行为变得越来越古怪、恶劣：把树棍戳进别人长着的嫩南瓜里，往人家屋顶上扔石头，朝人家晒着的被子上丢牛屎……中巴车开进来了之后，他便盯上车窗玻璃。

石头爷爷老伴死得早，儿子儿媳了无音信，心里烦躁得要死。他用最恶毒的话来骂石头，石头脸上一点表情都没有。骂着骂着，冷不防一吹火筒劈头盖脸甩过去，石头的脑壳咚的一声闷响，头上立即长起了一个包。石头不动、不哼、不哭、不喊、不跑，像一个木头人。石头的爷爷一边往牌桌边走，一边咒，这家伙以后是个吃花生米的象，他爱死就死，爱活就活，不管他！

这天司机老张对司机小张说，小张，我那条线路给你跑吧，我和你调。小张笑着说，那条线路长，客源稳定，你舍得？老张说，我老了，手脚不灵活了，那里山道弯又多，路又窄，你年轻。老张没有把汽车屡屡被划伤、被砸玻璃的事说出来。

小张第一次把车开进七里村是冬天了，落着雪，路面上结了一层薄冰。

小张在轮胎上绑着防滑链，突然听到车窗玻璃一声碎响，他看玻璃，玻璃已经成了一张蜘蛛网。他听到路边的油茶林里扑哧扑哧有人跑动的声音，扭头就看见石头在朝雪野的深处跑。小张拔腿就追了上去。

雪把茶树压弯了腰，压得趴在了地上。石头被绊了一跤，一下扑在了雪地里。小张一下就捉住了石头的左手，石头张嘴就朝小张咬来。小张顺势又捉住了石头的右手，从背后把石头箍住。石头拼命地挣扎，两个鼻孔呼哧呼哧冒着白气。

说，你为什么要砸我的玻璃？

石头倔强着不作声。

看你就十一二岁，为什么不读书？

石头还是不作声。

你爸爸妈妈是谁？为什么不管你？

我爸妈就是搭中巴车跑的。石头喊道。

你穿这么一点衣不冷？啊！你还穿着凉拖鞋，还不穿袜子。小张看到了石头冻得通红的脚板。

你跟我到车上去，我给一双皮鞋你穿，小张想到车上有一双旧皮鞋。

以后不要砸我的玻璃，等你长大了些，你想学开车，我教你，当你的师父。

小张感觉到石头的身子在剧烈地颤抖，肩一耸一耸。他松开手，扳过石头，看见泪水从石头的眼窝里一颗一颗滚下来。突然，石头咧开嘴撕心裂肺地哭起来，哭声朝四野滚过去，把一团一团雪惊落到地上。

买房记

现在，城里人喜欢在乡下买房子，乡下人热衷在城里买房子，两边都欢欢喜喜。城里好，那你为什么往乡下跑？乡下好，你又为什么往城里跑？这事情不但老孟想不清楚，相信丁教授也没想清楚。

晚上，老孟喝得满脸通红，舌头都有些大了，但他还是无比高兴地举起了酒杯。

高兴，应该高兴。拼死拼活，省吃俭用，奋斗了大半辈子，终于在城里买了房，从此之后就是城里人了，不再是乡巴佬了，骄傲啊！扬眉吐气啊！

老孟举起杯向前碰了一下，前面是他儿子，眼花着还以为是一起打工的工友老肖呢。

他看清是儿子。儿子，你去年那女朋友的老妈不是嫌我们城里没房子吗？你喊他过来看看，咱不也三房两厅吗！

老孟想到儿子以后谈恋爱就有了底气、筹码，美滋滋地又抿了一口酒。"嘎吱嘎吱"，有滋有味地咀嚼一块鸭骨头。

老孟眯着眼再举杯，我说老肖，你别再租那老家伙的房子了，你说他多神奇？不就两间破房子吗！有什么了不起。眼珠子一天到晚像两粒卫生球，嘴巴上挂得住夜壶，嫌弃我们乡下人哪，我呸！老肖，你明天就搬到我家来住，我把杂物间租给你，省得受那些鸟气。

说到出租房子，想起自己前些天还在租房，现在眨眼成了房东，老孟的高兴又加了几分。他盘算着房租是不是应该比人家贵一些，房子大一点点嘛。

但对面"老肖"发话了，爸，你醉了，不能再喝了，儿子求援地看着妈。

老孟的老婆平时很反对老孟喝酒，怪他糟钱，因为高兴，今天也不阻挠。现在看见老孟醉醺醺的，就来抢杯子。老孟把杯子往腋下一藏，嬉笑道，老婆子，你说我本事大不大？

大大大，老婆知道他醉了，应付他。但她却嘀咕道，大个屁！有本事别把乡下的房子几万块钱贱卖了，老祖业呢。

想不到这一句老孟听得很清楚。他眼一横，你懂什么！这叫釜釜釜……老肖……儿子，你……你说。

釜底抽薪，儿子说。

什么釜底抽薪！破釜沉舟嘛！这这都不懂。

老婆抢了老孟的杯子，逼着他洗脚上床。

但老孟怎么睡得着？他睁着眼看窗外，窗外很亮，晚上像白天，明晃晃的街灯照着，车灯射着。他知道灯影里会有许多人来来往往，不知道从哪里来，不知道要去哪里。乡下的夜有时是伸手不见五指的，神神秘秘的，走夜路不小心就踩到了蛇，吓一大跳。一只野兔会莽莽撞撞地冲到人的胯下来，把人撞一个趔趄。他又听到街上车来车去的声音，有时震得窗玻璃叮叮响。乡下晚上只有虫鸣，只有夜鸟叫，只有猫儿一声一声的叫春，或者一种不知名的鸟像打哈哈一样的笑声。

老孟突然发现，城里的夜是不睡觉的，就那么一直疲惫的醒着，乡下的夜睡得很深很沉很香。老孟说不清好还是不好。

想起明天还要帮卖房给自己的老板去乡下办一点事，老孟强迫自己睡……以后沽酒，就不用去三里外的小商店了……多方便……儿子谈恋爱可以逛公园，看电影……街上美女多啊！热天穿那么少……孙子以后上学容易多了……老孟迷迷糊糊地进入了梦乡。

梦太多了，一个接一个，那么真实，又那样模糊。老孟第二天起来，总分不清那到底是梦还是现实。

卖房给老孟的是丁教授。丁教授开着一个皮卡，车厢里堆满了书。丁教授载着老孟开了四十公里，从城里来到山里。

车子跟着一条小溪七弯八拐，在一幢砖木结构的二层小楼前停了下来。

丁教授下了车，闭着眼深深地吸气，享受了半天才问老孟，孟师傅？你觉得这里如何？

鸟不拉屎的地方！老孟说。

啊！你是说穷乡僻壤？是吗？错错错！你看，一条清凌凌的小溪，有小虾在水里嬉戏，有岩蟹在石下爬行，有燕剪垂柳，有蜻蜓点水，屋后凤尾竹，门前枫叶红，日饮清泉水，夜读万卷书。美呀，美呀！啊，你不懂、不懂。搬书搬书。

老孟一搂一搂把书搬到二楼。

老孟问，您这房买成多少钱？

不多不多，二十万而已。

老孟不作声。

两人忙完回城，老孟把头伸出车窗久久地看那房子。

丁教授问，老孟，是不是喜欢上了？以后常来玩吧。

老孟心事重重，不作声，丁教授哪里知道，这是老孟亲手一砖一瓦盖起来的房子，溪边的垂柳，屋前的老枫都是他三十多年前栽下的，溪水里岩桥是他搭起来的，山坡上已经荒废的几亩坡地是他家耕种了几代的土地，这里曾经是他的家啊！老孟心里泛起一些奇奇怪怪的感觉，他有好多好多的事情一下都想不清楚，堵得心慌啊！

木香的幸福生活

土地撂荒可以，大家都荒着，心理平衡得很。一旦这种平衡被打破，即使对你没有半点利益损害，都好像芒刺在背，好像眼睛里撒进了沙子。白老师没有打乱木香的幸福生活，是木香内心起了涟漪。排排坐，吃果果，可怕的劣根性。

木香是早上九点钟起床的。"播谷插禾，播谷插禾"，其时，屋外的布谷鸟远远近近，高高低低，把嗓子都喊得哑了下去。

木香很慵懒地起床，然后坐在镜前梳理染成了金黄色的头发，用面膜敷脸，画红嘴唇。然后，她吃了一点超市里买的方便面。

春日的太阳已经老高了，要干一点什么呢？她不知道要干一些什么。

要在从前，这个季节正是乡间最忙的时候，要插秧，插秧要赶早，得趁着鸡叫头遍就起床，早一天就早一个季节呀！耽误不得。得种豆，黄豆、绿豆、麻豆、红豆，巴掌大一块土就丢一粒种下去，正是棒槌落地都生根的时候。下了种，到秋天才会有收获的笑脸。忙着这些，一边还尖着耳朵听着家里的动静，想着猪呀羊呀鸡呀鸭呀还饿着肚子，盼着主人回家喂食，于是一路上不忘记顺手扯一筐猪草。

现在要干一些什么呢？木香不知道要干一些什么，现在有钱，有钱什么都能买回来，还劳神劳力干什么呢？木香什么都不想干，有钱，她心里不慌。

木香仔细地照了照她的红嘴唇，往身上洒了一些香水，就坐到村头那棵大樟树下去了。

樟树下有一张溜光的木桌，几把椅子。木香哗哗啦啦把一盒麻将空在桌上，她和村妇们一天的生活就开始了。

树上有好听的鸟叫，清风拂面，不热不冷，花香又一阵一阵袭来。

木香觉得这日子就和神仙差不多了。

这时柳叶说，木香，白老师住乡下来了呢。

木香一门心思扑在牌里，她正盘算着怎样碰牌、吃牌，怎么胡。她哦了一声。

柳叶说，白老师把他侄儿的几垄菜地种上了。

木香刚好自摸胡了，心里十分高兴，她顺嘴到，他爱种就种吧，和我有什么关系？

傍晚，牌散场了，木香突然想着走进了菜园。

这是一个大家公共的菜园，有十几亩，每家一小块。因为有好多年不种，蒿草都长得有人那么高了。

这时白老师正打理着收拾出来的菜地。

木香就说，白老师，你真是勤快，有那么多的退休工资，受这些罪干什么？

白老师说，反正没事，闲着也是闲着，就当锻炼身体吧。

木香觉得白老师有些痴，有着清福不享，跑到乡下来拌土，取笑了他一回，便不再管他，哼着歌儿回家了。

这一天柳叶说，木香，你知不知道白老师的菜长得有多好？

有多好？木香问。

你看一下就知道了，柳叶说。

木香便把牌让给了别人，走进了菜园。

走进菜园的木香惊住了，她看见白老师种的黄瓜一根根滴着水，亮着刺，屁股上还巴着一朵黄花。豆角呢？一排排挂着，恰似一溜儿门帘。西红柿又像一个个小太阳躲在绿叶中，露出半个脸来笑。

木香在菜园里待了一会，回到牌桌，手就有些不顺起来，打到后来，心里有了一股莫名的气窜来窜去。她把牌摔得山响，嘴里开始骂骂咧咧起来。

木香脾气一坏，其他人都没了兴趣，大家不欢而散。

但是第二天，木香和柳叶们又聚在了牌桌上，除了打牌，她们好像找不到其他的事来做。

这时老村主任赶着一只羊过来了，木香赶紧把他一把扯住。

老村主任，最近有什么新闻？说来听听。

老村主任最喜欢说新闻，但老村主任说，昨天胡了一个大满贯！你们还晓得关心什么新闻！

木香说，老村主任，我是说真的，是不是日本人又想抢我们的钓鱼岛？

老村主任一下就激动起来，他日本人要抢咱钓鱼岛，我第一个站出来和他们拼！

木香说，钓鱼岛上又没有一棵树，没有一栋房子。

你懂个屁，这叫主权！老村主任大声说。

木香突然恍然大悟地说，哦，我知道了，譬如我们村里的地，就是荒了，也不能给外人来种是不是？

你什么意思？老村主任感觉到被木香套了笼子，狠狠地瞪了她一眼，有些气愤地走了。

第二天，木香收到了白老师送的一大筐菜，她吃着吃着，得意地笑了。吃到后来，又感觉得不是滋味，像嚼一堆木屑。

木香忍不住端着碗走到柳叶家里。柳叶，你说白老师什么意思，他取笑我们都是懒婆娘，光只会打牌是不是？"呸，呸呸呸！"木香把嘴里的菜呸了出来，后来干脆把一碗饭全空在了地上。她的心情一下坏透了。

木香照样打她的牌，但奇怪得很，白老师和他的菜像一篷刺栽在了她的心里，使她本来十分惬意的生活变得疙疙瘩瘩起来。

到年底时，白老师说要走了，有学校返聘他去教书。

木香喜出望外。

白老师拖着大箱子小箱子往村外走，木香和柳叶们正好去赶场，就帮了白老师一程，

送上了车，木香说，白老师，几时不教书了，再回乡里来种菜啊，你种的菜真的好吃呢！

白老师说，最多教两年我就回来。

白老师走了，木香拉住柳叶，阴着脸说，柳叶，我们那块菜地是不是要调整了，长期不在乡里住的人，就不能占着一块菜地。

你是说白晓斌，白老师的侄儿？柳叶说。

木香没有做声，她心里奇奇怪怪的，总觉得什么人把她从前那

样的幸福生活给抢了。

花木兰之死

这是一篇历史演义的小说，花木兰也许不是这样死的，但是中国几千年的封建文化撕咬，花木兰的死也不可能逃出魔爪。一个没有死在沙场的英雄，却被自我设置的毒藩篱凌迟处死，这是一种可悲可叹的结局。文章具有批判性。

将军府邸，屋宇连片，高大古老的银杏、樟、槐，枝枝蔓蔓纠结在一起，斗拱飞檐在浓荫的树叶间藏头露尾，神秘莫测。一切显得那样威严规矩，神圣而不可改变。黑黑的院墙围着，厚实沉重的松木门关上了，隔断了门里门外两重天。

九曲回廊过去，一间绣房，花木兰坐在绣床边，她从早上坐到中午，从中午坐到傍晚，她已经从春坐到了夏，从夏坐到了秋。她打算绣一对蝴蝶，对于她来讲，这不过是两盏茶的工夫。但现在的木兰已经不是十六岁的织女木兰，那对蝴蝶，从草叶吐绿到落叶金黄，翅膀还一直那样残缺着。卸甲归来，木兰也已经不再是沙场驰骋，令敌人闻风丧胆的花将军。她已经在天子的赏赐下，嫁入豪门，成了将军夫人。

木兰想起十五六岁时在自家土屋的门槛边飞针走线的情景，不禁叹了一口气。她看了看手中成堆的老茧，摇了摇头，起身，走出绣房，她走过了一道一道回廊，丫鬟亦步亦趋地跟在后面。木兰将要走去

野猪横行的日子

高大的木门，在丫鬟惊慌失措之际，两个枪兵将她拦住了。

夫人，您不得走出将军府。

在木兰和枪兵纠缠时，老管家匆匆赶来，他微笑着而又不失威严地说，夫人，您现在是将军夫人，您的一切，将军都给安排好了，您现在比不得年少无邪时，比不得女扮男装身处疆场。官宦人家，更比不得乡村野户。忠孝礼义，三纲五常，这些都是不能少的，您说是不是！

木兰说，我只是出去散散心，有什么不妥？

管家说，没什么不妥，只是我们将军府的规矩……请夫人不要为难我。

木兰争辩了半天，老管家像一尊铁打的门神，不进油盐。木兰只得折回绣房，百无聊赖地坐在绣床边叹气。

日子磨蹭到腊月，木兰的心才被过年的气氛浸润得鲜活了一些。

丈夫魏将军虔诚地跪在神堂的香案边祭祖，点起香蜡，烧起了纸钱，纸灰像一群群白色的蝴蝶满屋飞舞。

木兰见景生情，想起了血洒边关的战友，不禁神情凄然，眼睛里闪动着泪花。她顺手从香案的抽屉里捏出一炷香，要借了祖宗的灵位拜祭。

魏将军脸色大变，呵斥道，女流之辈，怎可上祭台！一边去吧！

木兰的脸尴尬成了一块大红布，蹑手蹑脚地退到了厢房。

魏将军在书房里琢磨着地图，木兰双手捧上一杯香茗，她看到丈夫愁眉紧锁，将头偏过去，夫君有什么解不开的结？她问。

魏将军威严地道，你只管生儿育女，无聊时织织布绣绣花，别以为你还是威风凛凛的花将军，想一想黑山那一战你是怎么败的！

黑山一战，五百将士被敌人伏击，伤亡近半。滴水不漏的一次突击，怎么就中了埋伏？木兰百思不得其解。

那是木兰最后一次领兵出战。想不到，那竟然成了她心中永远的痛。

木兰回家省亲现了女儿身。

木兰做了妈妈。

木兰做了奶奶。

岁月的风沙掩埋了她的记忆，她不再叹气，不再流泪，心变得倦怠慵懒。她坐在绣房里绣花，散漫的阳光从苍老的花格木窗上透进来，她享受着这一切。

木兰走出深深的将军府是在她九十二岁那年，她是躺在棺木里被抬出去的。

木兰到死都没有想到的是，那一次被敌人伏击，是她的丈夫——当年的魏副将军泄了密。

女人就是女人，永远都别想在男人头上拉屎！这是魏将军一生刻在心尖上的座右铭。

无　常

传说中，无常是鬼的一种。但在南方一些地方，无常就和文章中所写的一样，是人。只不过是得了那边的指令，往返于阴阳之间，干那种恐怖的勾当罢了。这故事虽然诡异，但却真实可信。人生本无常，生活有哲理。

野猪横行的日子

无常是阳间和阴间的使者，人的阳寿尽了，撒手西去，不认得路，便由无常带领过去。

宋金满便是做这种营生的无常。

但即便是无常，却是人间父母所生，一样的食五谷，生儿育女，一样的有兄有弟。一切行为均与常人无异。只是在自己管辖的范围之内，一旦有人要走，阴间就会通过常人不知的方法把信息传过来。无常感知了，突然之间两眼一翻，人事不省，与死了没有两样。一忽儿，脸上表情或痛苦，或喜悦，嘴里也咿咿呀呀，说些人听不懂的鸟语。如此这般，无常自然是灵魂出窍，干那种引路的勾当去了。

这天，那边传信息过来说，某月某日下午五时，宋家冲一个叫宋玉满的人将离开人世，无常宋金满务必准时接送。

宋金满心里咯噔一下，那不是自己的亲哥哥吗？才五十多岁啊！无病无恙，怎么就阳寿尽了呢？那边说，你只管在水边接人便是，其他一概莫问，一切皆有安排。

到了某月某日，吃过中饭，宋金满便一屁股坐在哥哥的堂屋里，眼睛凄凄楚楚望着哥哥。

哥哥说，你坐在我屋里呆头呆脑地干什么呢？我要去耕田了。

宋金满心惊肉跳，他强行镇定自己，说，耕什么田？明天耕不得？后天耕不得？牛病了你不知道！

牛病了？那就改天吧，哥哥说。

兄弟两合养了一头牛，其实牛没病，宋金满这样说，是阻止哥哥出门啊。

鱼塘里的鱼要喂食了，我去喂食，哥哥又端起一盆麦麸。

宋金满的手在发抖，他插在裤兜里，不让哥哥看见。

去喂鱼，脚下一滑，便跌进鱼塘里，虽然哥哥会水，但不是说牛脚印里也淹死人吗？想来那边传来的信息是多么的精准！

宋金满一把关上大门，用后背抵住，无比激动地说，你今天不出门会死啊！给我坐下，别出门，什么都别干！

哥哥有些愠怒，你神经啊！什么别干我吃屎啊！和你比，天远地远的人给你送钱来！

哥哥所说的送钱，是指宋金满所做的业务。亡人的亲人来询问，因为是经手，所以人死前讲了什么话，吃没吃东西，有些什么未遂的心愿等等诸多细节，宋金满都会准确无误地讲出来。亡人的亲属一边流泪怀恋，一边便递上不少的钱。

宋金满从蛇皮袋里取出一只鸡、一瓶酒、一块肉。说，哥，你今天就陪陪我，今天我生日呢。

屁！你不是十月的吗？

提前还不行吗？嫂子不在家，赶快去烧火弄吧。

哥哥好一口，就转了腔说，那我先去挑水吧。

挑什么挑！我去挑。宋金满一把抢过哥哥的扁担，将他推进了厨房，心说，今天不是自己，哥哥就死定了啊！就像人间挂号排队，错过了这一轮，就该到下一轮了，也许就十年八年呢。兄弟如手足，怎能见死不救？就算那边怪罪下来，大不了不做无常吧。

鸡、肉很快就熟了，摆在餐厅的八仙桌上。两兄弟开始举杯。宋金满故意喝得少些，他要让哥哥烂醉如泥。

其间宋金满不时地扫一眼墙上的挂钟，"的，的，的，的"时针慢慢地指向五点。哥哥已经东倒西歪，也不再提出门的事，宋金满一颗悬着的心终于放了下来。也许不胜酒力，竟然头有些晕，全身发飘，突然间，他头一歪，昏死在了桌边。

一只酒杯叮叮当当地弹落在地面，歪头歪脑地旋了一圈又一圈，停下来，裂了。

宋金满悠悠转醒过来，已经哭出了声。奔进厨房，哥哥一头栽在水缸里，已经没了气息。

王满堂卖猪

小说采用前后对比的手法，写了两次一样的卖猪情况采用的不同的处理方式，王满堂夫妇左也不是人，右也不是人，小说写得简洁、收敛，但是读来很有意蕴。

王满堂一辈子憨厚老实，老婆秋叶也和他一个样子。村里的人说，嘿嘿！一个模子倒出来的呢！

两口子膝下没有一男半女，村里的人都替他们遗憾，但两人好像没什么遗憾。粗茶淡饭，布衣布鞋，简简单单，与世无争。两人居然如胶似漆，憨头憨脑从小青年恩爱到了白头。

一天，猪贩子下乡来买猪了。

王满堂家养了一头大肥猪，已经有两百多斤。这猪养了一年多，一把草一把糠喂大，非常不容易。

大家说，老王，你这猪当儿养的呀！一定要卖一个好价钱！

这是肯定的，王满堂老两口心里美滋滋的。虽然十分舍不得，但猪大了，舍不得也要卖是不是？老人一年的开支都指望着这头猪呢！

猪贩子一眼就看上了那头猪，和王满堂讲好价钱，约好十五天后开车来拉走，并且交了五百块钱定金。

第二天，又来了一个猪贩子，一眼又看上了那头猪。

猪贩子说，老王，把你的猪卖给我吧！

王满堂说，已经卖了。

秋叶说，人家已经订了。

猪贩子说，这有什么呢，我多出一百元钱就是。

两老坚定地说，这不行的，不行的！

因为王满堂养的猪的确不错，第二次来的猪贩子又接连来了三次，把价钱又加了一百。

王满堂夫妇不为所动。

左右邻居都知道了，都来劝两老，说，不要紧的，这不算背信，谁出价高就卖给谁，天经地义的。

但两夫妇认定了的理，就是八头牛都拉不回头。

大家只得无可奈何地莞尔一笑，随他去罢。

两老精心地给猪喂一些最好的食物，因为就要走了，像姑娘即将出嫁一般的不舍。

谁知第七天，猪生病了，不吃不喝，躺在栏里发高烧。

王满堂请了兽医，又请了人医来医治，但还是回天无力。正好猪贩子开车来拉猪那天，猪死了。

左右邻居都聚到了王满堂的家里，大家都知道两夫妇的脾性，要帮他们主持公道。

大家说，猪贩子，这头猪是你订了的，死了都是你的，你要按活猪的价格过称给钱！

猪贩子说，我订的是一头活猪啊！这死猪我要了干什么呢？这猪死了，不但我不要，订金都要还给我是不是！

两方争得面红耳赤，都非常有道理。相持不下，只得让王满堂和秋叶两人自己决定。

大家都噤声憋气听两人表态。

两个人都很伤心，眼泪巴巴的，默默地不作声。最后，秋叶从一个小布包里拿出了五百元钱，坚定地塞进了猪贩子的手里。

邻居们一下子绝望得心都冰凉了，想不到世界上还有这样愚蠢的人！大家一下就散了，觉得还待在王满堂家真是一种莫大的耻辱。

庄稼不收年年种。

第二年，王满堂两夫妇又养了一头大肥猪。

那天，去年订过王满堂猪的贩子又来了，又把王满堂的猪订了，又交了五百块钱元的订金，又约好半个月后拉走。

真是祸不单行，猪贩子来拉猪的那天，猪居然又病死了。

这一次邻居们无论如何要给王满堂做主了，王满堂的外甥专程从五里之外赶了过来。

王满堂和秋叶一生没见过世面，在大家吵吵嚷嚷下哑口无言，只能听凭大家摆布。人多势众，王满堂的外甥在众人的鼓动下硬逼着猪贩子用两千三百块钱买走了一头死猪。

猪贩子苦巴巴地走了。大家都感到很兴奋，聚了好久，才余兴未了的散去。

走在路上，张三说，那猪贩子也怪可怜的，两千三百块钱买了一头死猪。

李四说，王满堂有些不厚道呢，你看他们两人一声不吭，容许他外甥胡来。真是要不得。

走在后面的王五看见张三和李四叽里咕噜，赶紧跑过来说，你们都看到了吧！真想不到啊，那么老实的一对人啦，天啦！

走吧走吧！

大家逃也似的走了，觉得和王满堂这种人做邻居，真是奇耻大辱！

第二辑　敲　门

　　　电影散场，香儿要到她姑姑家去睡。我和皮军租了一辆敞篷人力三轮车回他租住的地方。香儿打了一辆车走了，皮军回头久久地望着香儿消失的街头。待三轮车摇摇晃晃拐过一道弯，皮军转过脸来，已经是泪流满面了……

　　　　　　　　　　　　　　——《男人皮军》

荆轲之死

　　这个故事把历史和现实紧紧地交织在了一起，以史为镜，照出了妖魔鬼怪。作品鞭挞丑恶，呼唤正义，有强烈的现实意义。

　　荆轲从秦舞阳手中的托盘里取过地图，身子前倾，双手举过头顶。秦王，这是我们燕国地图，从此以后，燕国将俯首称臣，如大秦之属县，岁岁纳贡，不敢有半点异图。

　　秦王喜不自禁，俯身来看。

地图一点儿一点儿展开，末了，寒光一闪，一柄锋利的匕首出现在眼前。

荆轲突地执匕朝秦王猛刺，秦王情急中躲开利刃，荆轲奋力追赶……

停停停停，台下赵团长击着手掌，示意台上停了下来。金科，你演荆轲演了多少年？

三十年。三十年一直都这么演？

这是历史正剧，当然这么演！

啧啧啧，赵团长不停地摆头，难怪我们剧团濒临倒闭，三十年啊！一成不变，时代不同了，金科，老戏要演出新意，要融入时代元素嘛，这戏要改，一定要改！

怎么改？

这个由我负责，十天以后我们重新再排。

赵团长经过一个星期的编写，终于拿出了一个自己十分满意的剧本，剧情是这样的：荆轲并不是什么义士，是一个无赖，整天好酒贪杯爱色敛财，一心想着飞黄腾达。于是买通关系，混骗到了燕王身边。后来见秦国势力强大，燕国岌岌可危，便假托刺秦，携燕国地图、奇珍异宝投靠了秦王……

金科开始认真地看了两页，看着看着，脸色大变，一抬手将剧本扔出了窗外。

狗屁！金科愤怒地说。

赵团长心痛地捡回剧本，赶紧收回公文包里。我说金科，现在不是流行戏说吗？不是流行穿越吗？流行搞笑吗？你那什么什么义薄云天，忠肝义胆，狗屁！谁信？谁看？没人看，哪来钱？没钱哪

野猪横行的日子

来房？哪来车？金科呀金科，你不能再固执下去了，好好想想吧！赵团长痛心疾首地说。

要演你演！金科剑眉倒竖，黑着脸甩手走了。

赵团长还真想演，但他演得好吗？金科是县剧团的台柱子，金科饰演的荆轲神形毕肖，唱念做打，无不精彩绝伦。只是这金科演荆轲久了，出不来，总以为自己就是荆轲，他耿直，敢怒敢言，好打抱不平，这不，连赵团长他都不给一点面子。

赵团长只得强忍着，低下身价去求金科，金科啊，我初来乍到，您是老革命，一定要支持我的工作啊！如果我们把这个戏演好了，到省里拿个一等奖什么的，奖金可是两万呢！

赵团长软磨硬泡了几天，金科心一软，勉强默认了下来。

经过两个月精心排练，新版《荆轲刺秦》终于隆重上演。

首演在县大剧院举行。锣鼓铿锵，大幕开启，艳丽的灯光下，十位盛装女子且歌且舞，巧笑倩兮，美目流转，妖冶异常，歌舞升平中，荆轲摇摇晃晃，晕晕乎乎，醉眼蒙眬，美女们挤眉弄眼，极尽挑逗，荆轲左牡丹，右芙蓉，沉醉在温柔乡里……

易水送别……

图穷匕见……

荆轲从秦舞阳手中取地图在手，突然间神情大变，脸色异常凝重起来。

地图一点点展开，一点一点展开，图穷，寒光一闪，一柄锋利的匕首出现在眼前。赵团长大惊，按照新剧本，地图里是没有匕首的。

荆轲左手扯住秦王衣袖，右手执匕首朝秦王猛刺。

饰演秦王的演员覃望也吃了一惊，戏不是改了吗？怎么还刺？

金科朝覃望使了一个眼神，低声道，按老剧本演。覃望愣了一下，只好拔剑，一边拔一边奔跑，一边奔跑一边想，赵团长不是吩咐过吗？不，不能按老剧本演，荆轲不能死，死了后面的戏怎么演。于是继续奔跑，装作剑始终拔不出的样子。

金科瞧出来覃望的意思。

荆轲止步，仰天长笑，哈哈哈哈！秦王施暴政天怒人怨，荆轲我受重托为民除奸，焉能好美色贪钱财忠义扫地，留千古骂名遗臭万年！罢罢罢！难手刃秦贼，我怎能苟且偷安，纵万死无生也不污我忠肝义胆。金科突然擅自加进了一段唱词，还好琴师老练，跟了上去。

唱罢，荆轲将匕首在脖子上一横，身子一斜，栽倒在地，倒地的那一刻，看得见金科眼中噙满泪水。

戏完全演乱套了，赵团长急忙令人将幕布拉上。

奖牌呀！奖金呀！赵团长捶胸顿足。为了奖牌，为了两万元奖金，不管怎样，戏还得演。赵团长只得压住满腔怒火上金科家去求他。

金科避而不见，让老婆传出话来，荆轲已死！

从此以后，金科告别舞台，不再演戏。

写给人类的一封信

文章以书信的方式，写了阴阳两界首领之间的通信。表现形式荒诞。文章虽小，但是外延极大。

野猪横行的日子

一日，冥界的首领给人类的首脑写了一封信。

尊敬的 R 阁下：

您好！

我谨代表冥界人民，感谢人类在过去的岁月里给我们冥界输送了那么多优秀人才。如爱迪生、爱因斯坦、托尔斯泰、苏格拉底、贝多芬、达芬奇……

只是，近年来，所输送人员整体质量差强人意。其中，疾病、安全事故输送的人员逐年增多。寿终正寝者急剧减少。如前面所提及优秀人才已经凤毛麟角。

当然，我无意干涉人类内政。只是，我们阴阳两界，互为因果，相生相灭。

故此，谨通此函，以兹照会。

祝

身体健康！

万事如意！

您的朋友，MW

猴年马月

另附：

欣闻贵公子喜结连理。冥界特举行了全界大选，选出了一位最优秀的"人"投胎做您的孙子。

R 首脑一下惊醒过来，连忙拨通了儿子的电话，生了吗？

生了……只是……

只是什么？

已经相当不错了，只是……一只眼睛有问题，有二十四个指头，还有……

还有什么？！

还有，生下来没有肛门。

师傅和徒弟

师傅和徒弟应该是有很深的感情的。但是现在，师傅仅仅是一个称谓，徒弟对师傅的感恩，回报心态已经荡然无存。师傅和徒弟的关系成了一种相互利用的交易行为。现在手艺人的技艺越来越差，艺德越来越差，与我们丧失了师道尊严不无关系。

有一句老话，一日为师、终身为父，说的是师傅和徒弟的关系不亚于父子。当然，这是从前。

现在，他有了一个师傅。这师傅比他小两岁，小两岁怎么是师傅？原来是他学车的师傅。虽然小，师兄师弟师姐师妹都喊师傅，不喊师傅肯定不行啵。不然师傅不高兴，给他穿小鞋，故意为难他，都是有可能的。暂时就顺口喊着吧，一切为了好办事。学完之后还联不联系，碰到面还认不认，一切看方便了。

他是做装修的，他知道师傅有一套房子要装修。但他一直没有作声，没说给师傅去看一下房子，参谋参谋，更没说顺便给师傅把房子装了。

师傅知道徒弟是做装修的，但他一直没有作声，没说请徒弟给看看房子，参谋参谋，更没说干脆叫徒弟把房子给顺便装了。

一日，一个小师妹说，师傅，你不是有一套房子要装修吗？师

野猪横行的日子

兄是做装修的,这不正好吗!

师傅在聚精会神地教车,徒弟在聚精会神地学车。

小师妹是那种没心没肺的人,因为小嘛,涉世不深嘛。小师妹撒着娇连说了几次。师傅终于听到了,说,我多时就要他给我去看一看,帮我装了,等几时消停了些,去看看?谁叫我是他师傅呢,有业务不照顾徒弟照顾谁?是不是?

他终于也听到了,说,我多时就要给师傅去看一看,帮师傅装了,等几时消停了些,去看看?谁叫我是他徒弟,师傅的忙不帮帮谁?是不是?

这样等了好久,师傅和徒弟都没有再提起,好像忘了。一天,师妹又提了起来,一鼓动,师傅就把车开到小区里面,就看了房,就商量了装修的大概方案,就当场把钥匙交给了徒弟。

师傅交了钥匙,一开始心里很有些落寞,郁郁寡欢,不言不语。他想,请熟人装修,不好办事,不好讲价钱,贵了也做不得声。再说,万一质量有问题,也不好说什么,打掉牙往肚里吞。当然,他只是想了一想,后来就放心了,他知道这不过是装装样子的事情,一切走走过场而已。

徒弟接了钥匙,一开始心里很有些落寞,郁郁寡欢,不言不语。他想,给熟人装修,不好办事,不好讲价钱,就是给他再优惠,即便是亏本来做,也以为赚了不少钱。当然,他只是想了一想,后来就放心了,他知道这不过是装装样子的事情,一切走走过场而已。

师傅虽然把钥匙交给了徒弟,但同时物色了另外一个装修的人。

徒弟虽然接了钥匙,但一直鱼不跳,水不动。

过了几天,师傅问,怎么样,方案做得怎么样了?师傅是随口说说而已。

徒弟说，正在抓紧做，方案马上就出来了。徒弟是随口回答而已。

师傅问徒弟的时候，材料已经准备好了，和工人的价钱都谈好了。

徒弟这样回答师傅的时候，还是鱼不跳，水不动。

又过了一些日子，徒弟考上了驾照。这天，他打电话给师傅，师傅呀，真不好意思，我后天要去长沙那边，要两三个月，您的房子……钥匙嘛，我给您转交过来？其实他根本就不会去长沙。

师傅说，理解理解，师傅我一定要支持你的事业嘛！钥匙不要紧，反正是装修钥匙，不要了。

师傅的房子其实正在装修。

这是预料之中的，师傅心安理得地想。

徒弟知道师傅的房子已经开始装修了。

这是预料之中的，徒弟心照不宣地想。

新房子，旧房子

老丑是生活在城市边缘的农村人，他所干的事也是非常卑微的，收入也十分微薄。但是，他从未放弃自己在城里买房的梦想。城市的水泥块肆意地覆盖一切，老丑的生存空间已经越来越逼仄，但他就像一棵小草，总是从水泥块的裂缝里拱出头来。

老丑最喜欢把他的大铁锤显给伙计们看。老丑的大铁锤是十二磅的，这把大锤跟着他八年了。伙计们买过的铁锤，有时候捶着捶着，嘣的一声成两瓣了；又有些铁锤，破倒是不破，用着用着，就没棱没角了；还有些铁锤，用着用着，锤头就卷了，卷成一个菌子的模样，真是又丑又不好用。

老丑的铁锤就没有这些毛病。伙计们都非常羡慕老丑的铁锤，这锤子是他的宝贝。他心里欢喜，又骄傲，就像人家买了好车一样的欢喜骄傲。真是一把好锤！

拥有一把好的铁锤，是老丑和他的伙计们最大的希望。老丑他们是专门拆房的，铁锤是他们的饭碗。

七月的太阳像火，老丑就站在火里，脚下是一脚板宽的水泥房梁，他的两个脚板套在穿了洞的胶鞋里，脚趾勾着，像壁虎的脚一般紧紧地钩注房梁。他把心爱的大锤高高地举过头顶，使着暗劲朝大梁砸下去。砰！砰！砰！响声窜进地里，又像是从地下传上来，裸露在空气中细小的钢筋，震动得像黑蜻蜓扇动的翅膀。

多少房子，就在老丑他们的铁锤下变成了瓦砾。

老丑搓动着树枝般的手指，沾了唾沫数钱，他数得高兴，他知道，他在城里拆一栋屋，就能攒下一点买房的钱。儿子大了，要结婚了，现在乡下的年轻人结婚，都要在城里置一套房子。这是谁兴的？老丑不知道，人家都这么着，老丑能不这么着吗？我不像人家会赚轻松钱，我有力气，实打实干，就不相信我攒不齐买房的钱。

只是这两年，老丑数的钱越来越少。不是拆屋的少了，是挖机开进了拆屋的工地。那家伙的臂像一个大螳螂，锋利得很，有时候弄不懂怎么就爬上了楼顶呢？

用大锤的时候越来越少，老丑只能在整个房子都趴下了之后，拾遗补阙地来那么一阵子。在边角上扒来扒去，寻一些零星的小钢筋。

老丑是租住在杂物间的，往前走十步，就是一栋七层高的楼房。楼房的前面的前面的前面还有一栋一栋楼房。这些房子现在都要拆了，其实这些房子都还很新很新，但要拆了修更新更高的楼。

好几台挖机在作业，嗵嗵声震得耳膜像要破的感觉。

老丑也要搬走了，要搬到哪里去呢？这些年他突然有些厌倦，他想搬回乡下去住。插一亩田，粮食自给自足；养一头猪，腊月杀了，腌成腊肉，慢慢吃；喂几只鸡，吃蛋，想吃鸡了就吃鸡。他常常这样想，也常常这样和老婆说。但是儿子明年就要结婚，城里的房子还差钱。还不能回乡下呢，回了乡下死路一条呢！

老丑要搬到一个新的地方去，他要去找一个像现在一样的便宜的房子。

老婆从乡下来帮他搬家。其实就一个铺盖卷儿，一个蛇皮袋，还有一些捡来的、城里人不要的、老丑的宝贝。如，一个锈的电烧水壶，一个发黑的、搓脚的、算盘一样的东西，等等。城里人真是有钱，好多好东西都丢了，譬如有一回，老丑在垃圾堆边看见一把沙发，那沙发几乎是新的，至少有七成新呐，人家就不要了。老丑像一只老猫馋嘴般围着沙发转了几个晚上，他想把它搬进杂物间，杂物间又放不下，他寻思把它运回乡下，又舍不得运费。最后那沙发被一辆垃圾车装走了，老丑惦记了半年，和老婆唠叨了七八回。

杂物间像烤箱。老婆说，老丑，这怎么睡？汗像涨水一样，我们搬到楼上去吧。

两人就夹了一张篾席子上楼。老丑突然感到高兴。两人爬到二楼，老丑说，老婆，你说我们以后在城里买房是不是买这二楼好？老婆说，你蠢啊，二楼太低，潮气重，光线也不好，买三楼好些。两人就爬上了三楼，老丑从阳台上看了看外面，说，还真是好些。老婆说，四楼更好。就又上到四楼。上到四楼又反悔了，四——死，四不好听，干脆上五楼。就又上到五楼。反正，业主都搬走了，他们爱上几楼几楼。进户门开着，不开的也很容易就打开了。

他们终于选定了一套房子，三室两厅，白墙瓷砖，木地板。没有电，但窗外街灯的光照进来，一切又模糊，又明朗。

他们先把整个房间查看了一遍，一下子把它当成了自己的新房子，心里喜欢得不得了。

客厅很大，这里摆沙发——唉，要是那把沙发捡来就好了。老丑后悔说。

我呸！要买新的。老婆说。

老丑把席子放在卧室的地板上。

老婆喊道，你蠢啊！这是主卧，你能睡吗！这是儿子和儿媳的房间。

老丑嘿嘿道，忘了忘了，就赶紧卷起席子。

老婆道，那一间是客房，以后乡下来客了就睡那。

两人躺在席子上摇着扇子，眼睛望着天花板，怎么都睡不着。后来两人都有了想法，就顺理成章的做了夫妻之间的事。奇怪的是，这一次他们好像回到了二十年前。

当挖掘机的嗵嗵声将两人惊醒时，天已经亮了。老丑喊了一辆三轮车，装了他的家当。老丑坐着车斗里，屁股下是那把跟了他八年的铁锤，铁锤硬硬的，透着凉意。

老丑一直看着那一片熟悉的房子。突然，一声惊天动地的巨响，是某一栋房子瘫下来了，只见得尘土滚滚，遮天蔽日。什么都看不见了，老丑只得收回目光，闭了眼，跟着三轮车摇摇晃晃前进。他摸着屁股下面的铁锤，固执地想，我就不相信在城里挣不来一套房子！

男人皮军

什么是男人？男人不光是生物学意义上的雄性。诚实、正直、担当，无疑是其重要的品质。皮军义无反顾地选择爱情，绝不拖泥带水。而遭到背叛，又显得非常大度。对于前妻的施舍，皮军也不摇尾乞怜。皮军为了爱情弄得破家、失业。但是，衣带渐宽终不悔。一个真正的男人。

这是1989年的事情，我和皮军在同一个建筑工地上做小包工头。

当工程走上了正轨之后，我们消停起来，便经常邀在一起喝酒，打牌，钓鱼，唱歌，洗脚，按摩。我们的人生哲学是：人生得意须尽欢，今日有酒今日醉。

皮军除了喝一点点酒，其他一概不沾。我们打牌的时候，出去唱歌、洗脚按摩的时候，突然发现他不知什么时候已经一个人溜掉了。

一定要把他拉下水，我们都这样相互开玩笑说。

一天晚上，我们喝了酒，皮军破例喝了一杯。

我们前呼后拥、旁若无人地在大街上横走。一路嘻嘻哈哈地笑着，你推我搡，眉来眼去。走到湘情发廊门口，突然一拐，大家一窝蜂就拐进出了。皮军醒悟后想逃，被我们硬推了进去。

野猪横行的日子

皮军一直扭扭捏捏地坐在沙发上。到我们从包房出来走时，皮军还坐在沙发上。这应该是皮军第一次走进按摩房吧。

皮军，你简直不是男人！回去的时候，大家把皮军放肆调侃了一番。

可就是不是男人的皮军，传说居然和湘情发廊的香儿小姐好上了。

有人找我证实，我说，皮军是个很传统、规规矩矩的人，这是不可能的。

可是有一天，在工地前面的通道上，香儿挽着皮军的手，皮军搂着香儿的腰。两人昂首挺胸，面带着幸福的笑容，从从容容大大方方地踏着碎步走了过去。那架势宛如一对走在教堂红地毯上的新人。

天啊！简直晴天霹雳啊！

事态很严重，我要找皮军谈谈，好生谈谈。

我心情沉重地说，皮军，你玩得太出格了！

皮军说，我们不是玩，是当真的。

简直在痴人说梦！我激动地说，人家是什么人？小姐！懂吗？戏子无大小，婊子无感情。这种人只能逢场作戏，玩玩！玩玩而已！

你不要乱讲，她不是！皮军居然很动气。

我说，你别鬼迷心窍了，她不可能对你动感情，一切都是冲着你的钱而来。

不是，我们是真心的，皮军坚定地说。

我痛苦地摇头，皮军啊皮军！你已经走火入魔、无可救药了！

皮军没有听进我的劝，也没有听进其他任何人的苦口良言。他越陷越深，居然和香儿租房同居了。

大家痛心疾首，皮军啊皮军，你怎么就这么糊涂呢！

我和皮军关系太不一般了，是老乡，又是同学。那天我邀请他和香儿去看电影，想从旁边感觉一下他们两人的关系，然后对症下药地进一步劝说。电影散场，香儿要到她姑姑家去睡。我和皮军租了一辆敞篷人力三轮车回他租住的地方。香儿打了一辆车走了，皮军回头久久地望着香儿消失的街头。待三轮车摇摇晃晃拐过一道弯，皮军转过脸来，已经是泪流满面了。我本来有很多话要对皮军讲，但看到他那无限深情的样子，已经不好开口。我只能在心里哀叹，幼稚啊，幼稚！

皮军准备和自己的老婆离婚。

我伤心欲绝地说，怎么能离婚呢！你属于过错方，财产分割会对你非常不利。就这样吧，做情人。

皮军说，这对于香儿和我老婆都太不公平。离与不离，我前前后后左左右右都仔仔细细的一遍一遍地想过了，孰轻孰重，我自己最清楚。我要给香儿，给我老婆，也给我自己一个交代。

我说，离婚非常麻烦，你有家产，有儿子。你的老父老母、兄弟姐妹都坚决反对，你将众叛亲离。这对你来说不亚于一场唐山大地震。

只能这样，皮军坚定地说。

皮军的老婆当然不肯，她甚至于都容忍了皮军的过错，只要皮军回心转意。但是皮军竟如同荆轲赴死般义无反顾。他放弃了所有的财产，净身出了门。

从司法所出来，皮军坐在我的车里。他看见抹着泪走远的前妻，

野猪横行的日子

紧紧地咬着嘴唇。我看见泪在他眼眶里打转。

我说，你后悔了？

他摇了摇头，说，她一直非常信任我，爱家，我背叛了她，辜负了她，真的对她不起。

我说，是不是给香儿打个电话？

他突然变得表情茫然，好久没有作声。

好多年后我才知道，皮军离婚之后，没有给香儿打电话。他一个星期没有回他们租的房子，晚上就蜷缩在工地上的工棚里。香儿到工地上找到他，两人才重新住到一起。

皮军和香儿同居了两年，但两人一直没有传出来要结婚的消息。

后来我去了广州，有一天皮军的电话突然打不通了，从此之后，就再也联系不上了。

两年后我回到家乡，有一天无意间在一建筑工地上看见了皮军。他穿着一双沾满灰浆的旧胶鞋，弯着腰流着黑汗在砌墙。

我们坐在小酒馆里，我问，香儿呢？其实我已经猜到了八九分。

他已经结婚了，皮军平静地说。

我叹了一口气。

皮军说，我已经一无所有，想重新爬起来实在太难了。我无法给她买一套容身的房子，不能让她过上好日子，甚至连好一点的衣都买不起。她比我小十岁，那么年轻，她自己想走了，就走吧，我不能误她。

可是你呢？你太不值了！我愤愤不平地说。

其实我很值的，她让我体会到了真正的、刻骨铭心地爱。有了这一次，我从此有了非常美好的回忆，你不知道那种感觉是多么美好，多么美好啊。皮军说。

我突然想到了皮军的泪水，不再说什么。

后来，皮军的前妻彻底的原谅了他，一次一次地要求复婚。

我说，皮军，你就复吧，对你有好处。

但皮军拒绝了。

皮军说，对于我来说，那已经是一种施舍，对于她来说，是一种残忍。算了吧。

一直到现在，五十岁出头的皮军还一个人生活着。看得出来，他过得很开心，很满足。

与狗同行

一个人走夜路，很害怕，希望有个人陪伴。结果一条狗陪了我。我和狗相互帮助走出了黑暗。当我们终于看到了眼前的光明时，我却突然脸一变，将狗打跑了。这个故事有很大的隐喻性。

早上五点钟我就起床了，我要步行两公里去赶进城的头班车。

从家里出来，是一段弯弯曲曲的乡间土路。路不到三尺宽，巴根草顽强地盖满了路面。两边是密密匝匝地树林，枝叶交织在一起，月光撒不下来，路就像一条深不可测、黑暗无边的隧道。

每天凌晨走在小路上，虽然打着手电筒，我仍然心惊胆战。一片树叶落地的轻微的声响，一只夜鸟哈气的声音，都会令我猛然一惊，汗毛倒立。黑暗令人恐惧，藏满不测、凶险。我总是感觉得树林里

野猪横行的日子

会突然冒出一个青面獠牙的怪物，张牙舞爪地向我扑来，顷刻间将我撕成碎片。

我多么希望在这条小路上有一个伙伴同行啊！一条牛，一头猪，甚或一只鸡，一只鸭。虽然也许帮不了什么，但彼此心灵上会有很大的慰藉啊！

这样想着，突然一条黑影斜刺里向我脚下滚来，吓得我几乎灵魂出窍。止住狂跳的心，我看见一只半大的狗僵在树根边瑟瑟发抖，狗显然也被我吓坏了。

我和狗僵立着。

几分钟之后，我缓过气来，试探着慢慢靠近狗。为了表示我的善意，我面带笑容——笑是真正从心里绽放出来的。我不停地唤狗，从口袋里掏出一块充饥的饼干，诚心诚意地凑到它的嘴边。狗一直看着我，它先是不吃，后来伸出舌头舔了一下，再后来它看出了我的诚意，放心地吃掉了那块饼干。我友好地摸了摸它的头，又伸开五指理了理它漂亮的毛。狗感动地摇着它的尾巴，发出嘤嘤的委屈的叫声。

就这样我和狗成了朋友，我们俩结伴而行。

我不再害怕。我相信狗也害怕黑暗，有了我在它身边，它也显出很放心、很开心的样子。

狗在我前面开道，它将鼻子嗅着地面走，发现有什么异常情况，马上停下来不动，深深地嗅一会。当确定一切正常后，它会回过头来看我，摇着尾巴，轻轻地叫一声，那意思是说，走吧，一切正常。

于是我就大踏步跟上去。

走了一段，狗突然一下刹住了脚步，它后腿微弓，前腿伸直，身子后坐，做出一个蓄势待发的架势。同时它发出了紧张的报警声——汪汪。

我小心翼翼地靠上去，看见一条冰冷的银环蛇慢条斯理的在路中间的草间游走。

蛇那样冷漠无情，眼睛在手电光的照射下闪着恐怖的光芒。我背心冒出了冷汗，要是被银环蛇咬到，恐怕九死一生啊！

等蛇爬走了，我们继续前行。

走着走着，狗突然又不走了，它眼睛直勾勾地看定旁边的树林，夹着尾巴，不时回头求救的看一下我。我用手电照过去，看见一只圆圆的猫头鹰的眼。我哈哈一笑，说，狗啊狗，你真是一个胆小鬼！别怕，有我呢！走吧。我弯腰拍了拍狗。狗就摇摇尾巴，感激地看了我一眼，放心地走了。

我们俩就这样走完了黑暗无边、充满了凶险的山路。

走出隧道似的小山路，我们上了大道，路面一下豁然开朗，如水的月光洒下来，一切都变得美妙无比。

狗开始撒欢儿，一会慢跑，一会快跑，一会在前，一会在后，一会儿消失不见了。

又走了一段，拐上了水泥大道，这时已经有车或来或往的开过，有人三三两两地走。

慢慢地，车多起来，人也多起来，大家都从乡下奔向城里。

我回头，猛然看见狗还跟着我，畜生，你怎么还跟着我呢！

我必须把它赶走，我不可能带着一条野狗上车，更不可能把它带进城，我没有时间来照顾它，也没有多余的食物给它吃。

一定要把它赶走。

野猪横行的日子

走开！我大声呵斥它。

狗不听，脚软手软地扭着屁股、巴巴结结地走向我。我闻到了它身上刺鼻的腥臊气，车灯之下，它的泥土色的肮脏的毛上面挂满了草果。

我蹲下身子，在路边摸了一个鹅卵石，手一扬一扬，做出扔的样子。狗害怕了，后退几步。我返身向前走，它又摇着尾巴，死皮赖脸地跟上几步。我终于忍无可忍，脱手朝狗扔过去。鹅卵石不偏不倚打中狗头，狗一声尖叫，紧跟着身子站不稳，摇摆着在原地打圈，龇牙咧嘴，嘤嘤地吠叫不停。

这时我等的车来了，我跳了上去。

我把头伸到车窗外面回头看，已经看不到狗，它死了吗？也许没有，也许死了，可是与我有什么关系呢？

车上的人很多，也有熟人，大家似乎都很兴奋，有说有笑。想到先前我居然那么依恋一条狗，不觉感到有些羞愧，于是，我立刻忘记了那条狗，加入了人们的谈笑之中。

这时候，路上更加热闹起来，城市的灯光都开始依稀可见，我已经感受到了城市繁华的气息。我正在扑向它迷人的怀抱。

哭　灵

假哭能够获得满堂彩，能得到嘉奖。但是一旦真情流露，换来的却是谩骂侮辱。这世界到底怎么了？故事让我们沉思。

一个人去世了，哪怕他活了一百岁，对于他的亲人来说，都是一件很悲痛的事情，毕竟从此阴阳相隔，不得再见。

我奶奶八十五岁那年去世时，三个姑妈哭得昏天黑地，一屋的人都处在无尽的悲戚之中。

现在，不知怎么的，人们都好像都不会哭了。

村里有人去世，大家都很兴奋的样子。奔走相告，然后便聚在一起叽叽喳喳热烈的议论，好像得了一个天大的喜讯。

白喜事、白喜事，主人家也极为重视，哪怕再困难，也要鼓起肚皮，拉钱扯米，把丧事办得极为风光，别人办得热闹，自己一定要超过人家，更加热闹，决不能打下、丢脸。

首先，棺木要更大，大到一人那么高。抬夫，以前是八人，现在增加到了三十二人。酒席要更丰盛，烟要更好。腰鼓队，秧歌队，管乐队，花鼓戏剧团，歌舞剧团，你方唱罢我登场。

但既然是死人了，总还得哭的，乡里有一个老的说法，后人不哭，后代是会不顺的。自己哭不出来，就请别人哭了。

给人哭灵于是变得特别来钱。

我看准了这个大好时机，立刻组建了一个乡村乐队，我们唱歌、跳舞，但是最大的亮点是哭灵。

建国便是一个哭灵的高手。

建国二十五岁。按理说，这样年纪的后生，早就应该外出打工了。可惜建国父亲早逝，母亲眼盲，自己又是独子，只得在乡下插几亩田，伺候着母亲。

建国加入我的乐队后专门给人哭灵。

我们是这样操作的，事先由我写好一个剧本。

野猪横行的日子

剧本的内容非常有讲究，哭奠逝者是一个形式，重要的是要借这个形式，无限量地歌颂逝者的后人，怎样尽孝啦，怎样有钱啦，怎样官大啦，怎样为民请命啦，怎样乐善好施啦……即便十恶不赦的人，你也要添油加醋，把他的功德无限放大，大歌特歌。

建国事先把剧本背得滚瓜烂熟。灵堂上，哀乐一起，一把二胡开始如泣如诉。建国披麻戴孝，哀容满面，跌撞到灵堂，手扶灵柩，叫一声爹或是呼一声娘，呜呜哇哇，且歌且哭，有'泪'就顺着事先准备好的湿手绢流下来了……

如此这般，每次哭完灵，拉开后台的布帘，建国就忍不住笑起来。

建国扮男像男，扮女像女，无不惟妙惟肖。丧家大大地长了脸，出手便格外大方，所给的赏钱有时竟比整个乐队的出场费还要多。

一时间，十里八乡闻名，我们乐队的业务都好得做不过来了。

这一天，传来了一个天大的喜讯，邻乡有一个老妇人去世了。老妇人有四个儿子，三个女儿，两个儿子当官，两个儿子做生意，而且是当的不小的官和做的不小的生意，三个女儿也都是有地位和有钱的人。

整个乐队沸腾了，所有的人喜不自禁，兴奋异常，摩拳擦掌。我立即开始起草剧本，建国马上就开始酝酿情绪，嘴里咿咿呀呀起来了。

毕竟不是一般的人家，丧事办得极为热闹，请了市里最好的花鼓戏剧团，乐队一班接一班，看热闹的人人山人海。

我们乐队建国的哭灵是最后的压轴节目。建国一切准备就绪，胸有成竹。

一首《快乐老家》唱完之后，就是哭灵。

突然，建国摸出手机听起来，听着听着，脸就白了，只见他忽然间嘴唇发抖，泪水长流。

什么事？我惊慌地问。

我妈掉池塘里淹死了啊！建国一边痛哭，一边扯下身上的孝衣，我要回家，我要回家。

前台《快乐老家》快要唱完了，我一把拽住建国的手，央求到，建国啊，无论如何你不能走啊！

《快乐老家》唱完了，主持人报完节目，我不由分说，将建国一把推到前台。

建国一见到灵堂上漆黑的棺木，更加悲从中来，他扶着灵柩，大叫了一声妈，就瘫了下去……

建国哭成了一个泪人，所有的看客都暗自垂泪，唏嘘不已……

可是，我在后台，却急得捶胸顿足，建国把事先背好的台词都忘到九霄云外了啊！

建国一把鼻涕一把泪，哭得一塌糊涂……

这时，丧事主管跑到后台，怒气冲冲地骂道，搞什么鬼，他娘死了啊！嚎！

建国的情绪已经无法控制，万般无奈，我硬着头皮奔进灵堂，将哭得天昏地暗的建国拖回了后台。

那一次哭灵，我们不但没有收到一分钱的赏钱，连出场费也被人抹了。

建国安葬了母亲，又外出哭灵。每一次，建国触景生情，哭得十分伤心，自然是把准备的台词忘得一干二净。

一而再，再而三，乐队的业务就开始滑坡了，后来竟一落千丈。

惨淡经营到年底，实在无法坚持，只好解散。

一开春，建国便到长沙那边打工去了。

英雄之死

杜虎是怎么死的？其实，杜虎是死在愚昧无知的手里。一个再强大的英雄，一旦和无知愚昧挂上了钩，他离末日就不远了。相信科学，崇尚真理，戒骄戒躁，阔达开明，英雄才能永远立于不败之地。

杜虎真正出名是在那一次。

那年头，大山里经常下来一股一股的土匪，打家劫舍，无恶不作。

一个风高月黑的秋夜，五雷山上的土匪又出动了。土匪劫了一良家女子，路过杜家冲，见一古樟错落环抱之处，屋舍俨然，鸡鸣犬吠。知是一殷实大户人家，正好可抢些谷米银钱一同上山。

于是便铁桶般围了杜府。

一时间，火把猩红的舌头舔出了一片火海，狂呼呐喊声惊得树林中的鸟雀拍动着翅膀，四处乱撞。

火光照亮着两扇厚重的木门。那漆黑的门环一阵颤抖，吱呀一声，门徐徐地开了。

杜虎不慌不忙，走出门来。只见他皂衣素鞋，青丝不乱，脸上漾着浅浅的、从容的笑。杜虎潇洒地弹了弹衣摆，轻声道："谁呢？何方来的大爷？"就无事人一般走到屋檐下的阴沟边。那里歪着一个岩滚，不知在那儿待了多少年，土都埋了半截，生着绿绿的苔藓。

杜虎扎下马步，双臂一抱、一摇，就将不知几百斤的岩滚摇松。喊一声"起"，飞沙走石间，就稳稳地端到土匪头子的马前了。

"大爷啊，何不下马坐坐，喝杯热茶？"一边拍了拍手上的尘土。

土匪头子见杜虎不乱方寸，力能扛鼎，吓得一哆嗦，掉头就走。

"慢着，请将那女子放下再走。"

土匪头子仗着马快，哪里肯听，加鞭催马。

杜虎一反手，从背后抽出一柄快刀，身子一欠，手一扬，一道闪电贴地窜向匪首，闪电在马下打了一个弧，马一声嘶鸣，倒在尘土里。

……

杜虎因之名声大振，被人敬称为杜英雄。

也正是因了杜英雄威名的庇护，杜家冲方圆几十里，从此匪患绝迹，家泰民安。

杜家更是春风得意，顺风顺水。几年下来，买田置山，大兴土木，成了一方首富。

杜虎招募了一帮护院家丁，整日里跑马射箭，舞棒弄刀，末了就吃烟喝酒、打牌押宝。日子久了，便生出了许多骄奢之气，飞扬跋扈起来。

杜虎无人能管，缺少自律，后来竟然滑落成了地方一霸。

乡民恨之入骨，敢怒不敢言。

这日，邻居家添孙整酒，杜虎和夏愚坐了一桌。

夏愚从东洋留学回乡省亲，就把外面一切新鲜事说来听，指点江山，神采飞扬。所有的人都围在夏愚身边，伸长脖子，张大嘴，听得一惊一乍，有滋有味。

不免就冷落了杜虎。

这还了得！

杜虎猛干了一大碗酒，顺手一抚，故意将酒坛碰落在夏愚的脚上。

酒把夏愚的皮鞋灌满了。

杜虎自不作声，眼珠子一鼓，轻鄙地撇了撇嘴，夹了一大块肉塞进嘴里，腮帮一鼓一鼓，嘴里发出很大的响声。

倒是夏愚不恼不怒，笑道："没事没事。"自个脱下鞋，将酒倒了出来。

"怎么就没事！"夏愚的哥哥不干了，怒气冲冲地对着杜虎。

夏愚挥手拦下了哥哥，对着杜虎道："杜虎啊杜虎，想你一七尺男儿，浪得了一个英雄的名声！"

杜虎一拍桌子，手指戳着夏愚的脑门："放屁！"

夏愚道："这些年，你鱼肉相邻，祸害百姓，好比那五雷山的土匪，你觉得你还配称为英雄吗？

杜虎的脸红一阵、白一阵，他逼视着夏愚："姓夏的，你不服是不是！你想怎么样？"

"不怎么样，七里岗下不是有条断肠谷吗？我今天就要和你打赌，过断肠谷！你敢吗？"

断肠谷是七里岗下一条著名的鬼谷，两边灌木杂草丛生，连绵七里，古往今来，有一些不信邪的人在深夜过谷，生生丢了性命。

杜虎心鼓乱敲，但他能认输吗！他说："谁说我不敢！"

就选了一个无风无月的夜晚。霜冷无边，夜鸟在林子里诡秘地叫，一声比一声骇人。

杜虎提着灯笼，向谷底走去……

约莫过了半个时辰,夏愚对杜虎的父亲说:"去把杜虎抬回来吧。"

杜虎的父亲和家丁打着灯笼火把杀进谷里。

杜虎倒在一堆坟头边,口吐白沫,人事不省。

杜虎被鬼打了,消息一下子传遍十里八乡。

杜家请来了九个道士,做了九场法事。那几天,杜家整夜整夜响器法号声不断,烧纸钱的火光映红了半边天,纸灰都飞到了十里之外。

一年后的又一个夜晚,五雷山上的土匪又杀下山来。土匪径直奔到杜家大屋,劈开了大木门。匪首用脚在床底下勾了一下,又勾了一下,将一个长手长脚、骨瘦如柴、面如土色的人勾了出来。那不是杜虎吗?匪首一阵狂笑,起手一刀将杜虎的头砍了下来,顺手丢进墙角的马桶里。满屋子顿时一股难闻的秽败之气。

匪首张臂夹起床角瑟瑟发抖的女人,绝尘而去。

土匪们走时放了一把火,三天之后,杜家大屋成了一片瓦砾。

这故事是我外公讲给我听的,我一直很疑惑,难道世界上真的有鬼?后来才知道,杜虎是因为二氧化碳中毒。这一点夏愚知道,但杜虎不知道。

钟享

我们常常见到身边的某些人,一天到晚像一个弃妇怨妇,骂骂咧咧,怨天尤人。好像自己的一切不如意都是别人给嫁祸的。嫉妒人家的好,却又不去自己努力。钟享就是他们中的一员,无可救药。

79

野猪横行的日子

　　钟享，端着国家的饭碗，工作悠闲，收入稳定，住着单位分配的住房，享受一切福利待遇，什么都不需要费心劳神，生活真是惬意得很。下岗之后，钟享也不慌，他想，政府是要给安排工作的，政府会看着我饿死啵！不会，绝不会！他在大街上遛遛狗，在河里钓钓鱼，在茶庄里打打牌，像以往一样优哉游哉。

　　只是，隔三岔五，他会到居委会去问。

　　我的工作几时落实？

　　领导说，等等，等等。

　　这样一等三年，一等五年，钟享的脾气开始坏了，越来越坏了。他知道领导是在敷衍，他不可能等来政府安排的像以前一样悠闲的工作。他先把领导骂了一顿，接着从街头骂到街尾，他不知道要骂谁，似乎又觉得这世界上的每个人都该骂，都该千刀万剐。

　　儿子大了，房子小了，钞票没了。他只得一边骂骂咧咧一边在小街上开了一间小餐馆，名曰——如意酒店。两张桌子，八把椅子，一个煤灶。他整天把脸蹦得像个鼓气的蟾蜍，眼睛对街上走过的人一甩一甩，嘴角一撇又一撇。

　　混蛋！他恶狠狠的小声嘀咕，一边把炒菜的铁勺狠狠地敲击铁锅。他看不起街上的每一个人，又指望着他们能走进他的店里。

　　但他的店面，他的厨艺，他的心态，决定了他只能做一些低档的生意——如意酒店——这是他自己的臆想，其实他只做得来十元一顿的快餐。

　　吃饭的来了，他们是一些建筑工人。他们穿着胶鞋，打着赤膊，不打赤膊时就穿着满是灰浆和铁锈的衫子。他们一来就大声地喧哗，叮叮咣咣地敲碗，一坨一坨地扯卫生纸，丢在地上。

关键是，他们饭量很大。每一次，工人们走了，钟享用饭铲清理饭锅的锅巴时都会骂一句，一群乡巴佬，饭桶！

钟享特鄙视他们，他一边清理着一天的收入，忍不住就要厌恶地骂一句，混蛋，老子该伺候他们！

不久，钟享的生意便冷清了，那些建筑工人都不再来如意酒店吃饭。钟享心里的火苗一窜一窜，他摔打着铁锅，老婆骂了他一句，他气不过，一扬手就将铁锅扔到了街上，铁锅像一个陀螺在街心转了半天。

以后，如意酒店就关门了。

钟享的儿子二十出头了，一转眼就要结婚。房子不到六十平方米，又破旧不堪。儿子出息也不大，指望他自己买房，只怕是修得庙来老了鬼。

钟享只得买了一台旧摩托车跑出租。现在的瓦匠木匠吃香得很，一天能挣几百元，一个挑砂的搬运工一天也能挣两三百。呸！我不可能沦落到一个臭瓦匠的地步。钟享觉得摩托跑出租比较体面一些。

这天，钟享在一条小巷口等客，他看到一个女人看了他一眼，又看了他一眼，那女人走远了，又回过头来看他。钟享想了半天，突然想起她是他高中的同学，名字叫惠兰，那时候钟享暗恋她，都到了走火入魔的程度。蕙兰都五十岁了，却保养得像一个三十出头的女人，那一身装扮，一看就知道是生活在富贵之中。

钟享脸上火烧火辣，他大声地骂了一句，混蛋！心里才稍稍好受了一些。

钟享弓在被窝里，到中午了还没有翻身。

老婆中午回来，怒气冲冲地说，还挺尸！你怎么就不挺死！

钟享从床上跳起来，吼道，我挺尸！怒不可遏地将烟灰缸朝已经破了的穿衣镜砸去。

钟享不再搞摩托车出租了。

老婆帮餐厅洗碗，一千多块的工钱，钱紧巴巴地捏在手里不给钟享一分。钟享吸烟喝酒一概干不成。他在家里和老婆吵了半个月架。后来，在一个小区找到了一份保安工作。

一乍穿起保安制服，钟享觉得很来劲，他很高兴，感觉自己非常适合这份工作。

工作也很轻松，只是整天坐在门卫室里，看看监控，车来了便开开闸门。但巡夜让他很不爽。

一天，一辆黑色的小车要进小区，那是一辆陌生的小车。钟享就走过去问，干什么的？司机说，看看房子。不久，司机就在小区买了一套房子。

有一天司机突然对钟享说，我想起来了，你是如意酒店的老板，钟老板。

钟享心里一愣，什么钟老板？立即想起来，司机就是以前在如意酒店吃饭的泥瓦匠中的一员。钟享没有作声。

第二天，钟享不再上班了。

老婆生气地说，好好的又发什么神经！

钟享恨恨地说，我凭什么去伺候人家，给人家看门，我是一条狗吗我！

老婆愤怒地摔上门出去，骂了一句，我看你才是一个混蛋！

高　手

谁是真正的高手？齐大师？钱正和？或者钱正和的傻儿子？其实这世间人人都是高手，其实这世间谁都别称高手。挖一个坑陷害人，不小心自己就掉进了坑里。搬起石头却砸了自己的脚。世间许多事，就一张纸隔着，捅破了就寡味了。

七里镇的齐家伟这几年突然大红大紫了。据说，他现在是全国著名的气功大师。他慷慨大方，动不动捐款几十上百万。报纸、广播、电视都称他为慈善家，齐大师。

钱正和是七里镇最大的房产开发商，表面上风风光光，其实资金周转常常捉襟见肘，陷入困境。齐家伟是钱正和的小学同学，二十多年杳无音讯，怎么突然就成齐大师了？何时何地、拜何人为师？他哪里弄到了那么多钱？钱正和这样想。但转念一想，如今这世道，能弄到钱就是高手，就是大师！

钱正和决定要会会这位齐大师。

清明节这一天，钱正和打听到齐大师要回乡扫墓，于是就候在去齐家祖坟的必经之路上。

果然，齐大师八面威风地来了。

齐大师！钱正和微笑着亲热地叫了一声。

齐大师被一干人簇拥着，根本就听不到。

齐大师！我是钱一毛。钱正和报上了自己的小名。

野猪横行的日子

齐大师用眼角瞟了他一眼。

钱正和赶上几步，齐大师，我是您小学同学、七里镇房产开发商钱正和。

齐大师好像突然想起来了，停了脚步，和钱正和轻轻地拉了一下手。

钱正和终于和齐大师接上了头，接下来的事就很好办了。钱正和给齐大师接风洗尘，一餐一餐地宴请。两人开始叙旧，一叙旧，两人的关系便像儿时一样的活络了。

一次酒后，钱正和长长地叹了一口气。

你叹什么气？齐大师打着饱嗝问。

钱正和说，实不相瞒，我最近在镇东盘下了五十亩地皮，计划建一个高档小区，如果您齐大师有兴趣，不妨我们联手。

齐大师两眼朦胧，说，直说了，不就是钱吗？这是没有什么问题的……不过乡下的路确实太难走了，上次扫墓，走了我一脚的黄泥巴。

齐大师一走，钱正和立即花了八万元修了一条到齐家祖坟的水泥路。

第二年扫墓，齐大师拉着钱正和的手，十分满意。

齐大师说，搞开发要多少钱？

钱正和赶紧说，不多不多，先期投入五百万吧。

齐大师轻描淡写地说，这事包在我身上了。

说过这话之后，齐大师又消失得无影无踪了。

好不容易在年底，齐大师突然又神仙一样冒了出来。

钱正和决定在自己家里宴请齐大师。

天南海北吃腻了，换一换口味，吃一吃乡里的土鸡、土鸭，山里的野猪、麂子，齐大师也十分乐意。

钱正和请了镇长等一干七里镇头面人物作陪。

酒席开始前，钱正和说，齐大师，久闻您的威名，特别是您的金刚一指禅，名满江湖，今天无论如何要叫大家开开眼吧！

钱正和一招手，两个人立刻抬来了一架大功率的老电扇。电扇的网罩早已拆了下来，一通电，铁质的叶片便呼呼呼地疯转开了。

齐大师看了一眼电扇，迟疑了一下，他盯着钱正和。钱一毛，你真坏！不过既然大家要看，也只好献丑了。

钱正和笑了笑。

齐大师脱下外衣，扎下马步，闭眼，提神、运气。只见他脸上青筋暴露，手指颤抖，似见得丹田之气运行到了手掌。突然一声吼，右手食指闪电般向电扇戳去。大家来不及惊呼，电扇便已经静止不动了。一缩手，电扇又转动起来，复又一戳，电扇又停止了。

席上一片掌声。

齐大师扯了一些餐巾纸擦着手，钱一毛，你这人太坏！

钱正和嘿嘿的笑着，齐大师，此话怎讲？

钱一毛，你想让我丢丑，你有意安排好了一切，还安排了摄像师，想拍下我流血断指的镜头以此来要挟我，你说是不是！

钱正和笑。

齐大师也笑，笑着又后怕地看了一下手指。

钱正和和齐大师碰了一下杯，一本正经地说，齐大师，以您的绝世奇功，别说是一把破电扇，就是对付一列奔跑的火车，不也小

野猪横行的日子

菜一碟吗——小陈，一定要按预定方案，把齐大师今天的精彩一幕送到县电视台。

钱一毛，我发现和你合作不得，合作不得！齐大师斜视着钱正和。

喝酒喝酒喝酒，钱正和有些尴尬，连忙举起酒杯打断了齐大师的话。

这时钱正和听到杂物间有人哇啦哇啦地叫，是他儿子。儿子二十多岁了，是个弱智。儿子叫些什么？可别跑出来丢丑。

钱正和走到杂物间，他看到了惊险的一幕，儿子学着齐大师的样子，把一根指头朝电扇戳过去。

钱正和心都提到了嗓子眼，正想大声呵斥，却见电扇竟然被儿子戳停了。

钱正和异样地看着儿子，乖乖，再来一次。

得了爸爸的表扬，儿子更加用力地朝电扇戳去，电扇又停了。

钱正和拔下插头，仔细地研究电扇，他发现电扇的叶片都是斜着的，当叶片转动起来，就会产生向外的推力，转速越快，推力越大。

钱正和笑了，他破天荒地对着傻儿子笑了。

重新入席，齐大师说，一毛，你今天蛮高兴的，捡到宝了是不是！

钱正和说，齐大师你笑我，你知道我儿子是一个活宝。

钱正和端着酒杯和齐大师碰了一下，突然把头靠近齐大师，压低声音，齐大师，你说我那傻儿子他躲在杂物间里用手指戳电扇，他以为他是你齐大师呢，真是一个活宝，来，干杯。

齐大师脸上的笑突然有些硬，眼睛看着一只鸡腿，扬了扬手，抿了一口酒。

和齐大师耳语些什么？钱总！坐在对面的镇长问。

钱正和大声说，啊，我正在和齐大师商量投资开发房产的事，刚才齐大师说了，他捐助的五百万元这月就会到账。来，我们为齐大师对家乡的慷慨解囊干杯，先干为敬。钱正和站起来，一仰脖，一杯酒倒进了肚子。

所有的人都站了起来。

齐大师也站了起来，他有些迟疑，但还是一咬牙，喝干了有些苦味的酒。

人　情

淳朴的民风，如天籁。现代化如一架巨大的机器碾压过来，我们能不能合臂围住一片心灵的伊甸园？看得到青山，留得住乡愁。不要让我们失去了，回头再做无谓的追忆。

三爷看中了一处屋场。那地方地势像一把太师椅，中间是一座高山，左手边和右手边各有一个小山包，像太师椅的扶手。有山又有水，前面恰好一条永不枯竭的小溪。青山绿水，鸟语花香，真是一处难得的好屋场！

七哥看见三爷在那地方看了一次又一次，知道三爷要在那儿做屋，就问三爷，三爷，什么时候动工？

三爷笑道，割了晚稻之后吧，那时候消停些。

七哥说，三爷，我早几年就给您说了，做屋无论如何要请我帮忙，不然我就会生气。

　　七哥说的是真心话，乡下修房子，左邻右舍，亲戚朋友，好多年前就自己定好了，一定要帮忙。如果老板不请你，证明你平时做人方面有问题，老板小觑你，鄙夷你。所以那些自荐的人，都是坦坦荡荡的正人君子。有些劣迹、行为龌龊的人是没有这个自荐勇气的，老板也不会去请他，请了会遭众人不齿。

　　七哥大名叫陈陆，一两岁的时候，不知谁因为什么给他起了七哥这个乳名，慢慢地，大人小孩都叫他七哥了。七哥二十八岁，人好，聪明。无师自通地学会了木工手艺、盖瓦更是一双好手。

　　三爷说，七哥，我做屋怎么会离开你？我肯定要请你。

　　七哥欢天喜地地走了。

　　三爷望着七哥的背影，叹了一口气，七哥啊七哥，多好一个后生，怎么就瘸了一只腿呢？

　　七哥的腿稍微有些瘸，到二十八岁，还没有讨到老婆。

　　秋收后，三爷的屋就动工了。

　　屋场上热火朝天。这一拨帮忙的走了，那一拨又来了。帮忙是没有一分钱报酬的，老板只管烟管酒管饭。

　　有些人帮了几天忙了，一定还要来，三爷祈求他，先把家里的事办一下，家里的事都堆成山了吧，后面我再喊你，好不？

　　有些人帮了好多天忙了，实在家里有事，就多谢告辞。

　　三爷过意不去，就把一些钱悄悄塞在人家的口袋里。

　　那人看见了，一下就变了脸，说，三爷，您这是什么意思！

　　三爷觉得亵渎了人家，就尴尬的把钱缩了回来。

　　三爷挖地基的第一天，七哥就过去了，在那里看他们挖土，听他们说说笑笑。他待了好久，高高兴兴地参与人们说笑。

三爷怎么不喊我呢？七哥想，哦，是的，三爷看我挑土腿有些不方便，后面就会喊我。

地基打好了，泥瓦匠就开始砌墙。泥瓦匠砌墙要好多人打下手，要和灰浆，要搭脚手架，要把红砖一块一块抛上去。

奇怪了，三爷怎么还不喊我呢？我的手劲可是很大的呀！七哥开始纳闷了。

七哥一开始每天都到三爷的工地上去，后来就去得少了，他看到三爷和其他人都不好意思起来，他有些闷闷不乐。

三爷的屋上梁了，也没有来请七哥帮忙。

七哥想，盖瓦一定会来喊我。

可是到盖瓦的那一天，三爷也没有喊七哥。

七哥心里冰冰凉凉的。他有好几次话到了嘴边，又咽了回去。他想主动过去给三爷帮忙，总开不了口。他想，我肯定有地方得罪了三爷，或者我做了让人鄙夷的事情，我主动过去，自己和三爷不是都很尴尬啵。他前想后想，都没有想起自己什么时候做了歹事。突然想到自己的爹，一下就恍然大悟了。

七哥跑到家里，一肚子的怨气不得出，弄出很大的声响，打得鸡飞狗跳。

七哥的爹人称老九。老九看得不舒服了，骂道，你发癫是不是！

七哥回嘴到，就是你！

我什么我？我早就改了！老九知道儿子埋怨的什么。老九以前有一个毛病，喜欢见财起意，顺手牵羊。有一次，老九割牛草，看见三爷家的菜园篱笆上卧着一个金灿灿的南瓜，就裹进牛草里面偷回了家。

野猪横行的日子

我早就改了！老九理直气壮地骂道。

改？狗改不了吃屎！七哥在气头上，一下子说错了话，也是收不回了，只得硬着头皮挨骂。

果然，老九气坏了。老九说，人家三爷不喊你帮忙，不明摆着是嫌你手艺不好吗？自己不晓得羞耻，反过来怪老子，骂老子是狗。老九本来就改过自新了，不被儿子理解，现在还骂他是狗。于是怒火中烧，拖起扫把就打七哥。

九爷的扫把打在儿子的脸上，七哥死咬着牙犟在那里，不叫，也不跑。

第二天，给三爷帮忙的人都知道了七哥被他爹打的事。

三爷风急火燎地跑到老九家里，一个劲地给老九赔不是，老九啊老九，我怎么会看不起七哥的手艺？怎么会呢！你说住家最怕什么？怕屋漏嘛！我把七哥放在最后，最重要的，请他给我盖瓦呀！七哥！七哥呢？

其实，三爷撒了谎，他不请七哥，是想让他在外面多挣点钱，好找一个老婆。

七哥一大早就到别村给人家盖瓦去了。

到了晚上，一架板车把七哥拖了回来，七哥在屋上盖瓦，一失足掉了下来。

三爷扑在七哥冰冷的身体上，捶胸顿足，七儿啊七儿！是我害死了你呀，我害死了你呀！

……

这是三十年前的事，三爷是我的爷爷。

我爷爷临终时，一丝气息像藕丝般、欲断还连。我爹把嘴凑在爷爷耳朵边说，爹，你不要有什么牵挂，要不您走吧。

爷爷眼里一下盈满泪水，七哥，我欠你的人情呀！

这是爷爷留在人间的最后一句话。

敲　门

几十年，弹指一挥间，小牛变成了老牛。外形老了，人心也朽了。房子越来越高，大门越来越厚，防的不是贼，是比盗贼更可怕的。从前谁人都能轻启的柴扉，现在已经成了厚重的铁门，已经难得再听到它吱呀的转动声。

一

池塘边生着古枫、老槐和垂柳。一条小路从树下经过，小路弯了几弯，像蚯蚓一样爬进山里去了。

池塘后面有一幢木屋，住着小牛和他的父母。

小牛十二岁。他和父亲一同上山采药、下田种禾。拨开晨雾出去，踏着暮霭归来。

掌灯即寝,四平八稳地睡到半夜,小牛朦胧中听到轻轻地敲门声,"扑扑，扑扑"。会是谁呢？半夜三更的。

小牛点上煤油灯，打开木门。月光下，一只黄狗坐在门槛边可怜巴巴地望着他。小牛轻轻地唤了两声，一弯腰，就将黄狗抱过了门槛……

野猪横行的日子

二

　　那黄狗就成了我们家的看家狗，养了十年，后来它老死了，就埋在屋后的山上。小牛说。

　　老狗肉用砂罐煨了，好香好香，好吃呢。老婆睡在小牛的臂弯里，不停地咽着口水。

　　小牛二十六岁了，在外面打工，难得回来一次，和老婆云雨一番之后，倦意正浓。

　　朦胧中，好似堂屋的铁门有轻轻的敲击声。

　　老婆坐起身，惊动了小牛。

　　会是谁？深更半夜，不会又是一只狗吧，我去看看。

　　小牛翻了一个身，又沉沉地睡过去了。

　　老婆按亮电灯，用梳子梳好弄乱了的头发，在镜子里抿了抿红红的嘴唇，便轻轻地打开了铁门。

　　小牛睡了片刻，忽地一个激灵醒过来，老婆还没上床。小牛慌了，老婆不会出什么事吧？

　　在门外，正要扯开嗓门大喊，却发现二十米开外的柴房里似有动静。小牛顺手拖了一根柴棒，蹑手蹑脚地摸了过去。

　　柴房里的稻草发出被碾压的沙沙声，一个女人的娇喘和一个男人粗重的喘息声交混在一起，那声音好似一只利箭对穿了小牛的心脏……

三

小牛的老婆丢下两岁的孩子走了。

父亲已经作古，小牛成了老牛，他每天骑着旧摩托车去六十里外的城里做工，晚上回来陪孩子和母亲。

每天筋疲力尽，一回来就躺下了。

"咚咚咚咚"，迷迷糊糊中，老牛听到不锈钢的铁门被敲响了。谁！他打开坚固的铁门，月光下，一个女人怯怯地立在门边，女人手里扯着一个大约四岁的孩子。

大哥，行行好吧，讨口饭吃，讨个地方呆一宿吧。

老牛踌躇了好久，还是迟迟疑疑地把女人和孩子让进了屋。

第二天一大早，老牛起床，那女人也站在了堂屋里。

真感谢你啊！好人啊。

女人窸窸窣窣地从胸口摸出一对金灿灿的东西说，大哥，这是俺家祖传的一对金菩萨，送一尊给你，保佑您一生平安。

老牛心里一阵惊喜，但他说，这怎么行？……要不，我给你两千块钱吧。

女人走了，老牛一溜烟把车骑到了银行。

这值好多钱？老牛激动得手指发抖。

二十块钱一斤。

不可能吧？

怎么不可能？铜的。

四

池塘边的小土路成了水泥路，水泥路把古枫老槐垂柳压在了脚下。池塘水不能再喝，干脆填了，铺上水泥，四周砌上高高的围墙，前面装上一个高大的黑铁门。

老牛不再外出打工，他在家带孙子。

电视看着看着，老牛就睡着了。迷迷糊糊中，他听到围墙的铁门被敲得山响。谁？半夜三更敲鬼啊敲！老牛厌恶的喊了一声，懒得动一下身。

孙子蹦蹦跳跳地跑到窗边，爷爷，有一个人在打我家的铁门呢！

别管他！老牛说着，就将孙子拉进房里睡了。

五

第二天，打开铁门，老牛看见一个男人直挺挺地躺在地上，已经没气了。老牛年轻时随父亲上山采过药，当得半个医生，他一眼就瞧出男人是被五步蛇咬死的。

老牛非常镇定，若无其事地掏出手机打了几个号码，一会儿就有十几个人来了。

你们看，他死在我家围墙外，与我是没有一点关系的。

老牛心中暗喜，幸亏昨夜没有开门，不然……这样一想，他长长地出了一口气，然后十分快乐地驮着孙子上学去了。

幸　福

有钱就幸福吗？有权就幸福吗？健康就幸福吗？幸福好像说不清道不明，但幸福的感觉又是实实在在的。珍惜眼前，知足常乐，也不是什么值得批判的懒惰、消极情怀。

王君爬上窗台，回头看了房间最后一眼，义无反顾地跃了下去。

连一张防盗网都安不起啊！王君心如死灰，没有一丝对人生的眷恋。

阎王不知有几千岁了，白胡子都拖到了地上。他眯着眼掐指一算，王君，你在人间不过四十三年，尚未寿终正寝，你有什么想不开的吗？

啊啊！阎王爷呀！王君大哭，你知道我在人间遭的什么罪吗？我住的是极其简陋的房子，吃的是粗茶淡饭，穿的是最便宜的衣服，我买不起一辆好一点的电单车，而我的老婆，居然可能是世界上最丑陋的女人。阎王爷，你说在人世间，我有什么幸福可言？早死早脱身，赶来世吧！

阎王问，那么你认为人世间什么人最幸福？

王君不假思索地说，当然是有钱人最幸福了。

阎王见王君哭得凄切，动了恻隐之心，挥挥手道，特许你早日投生，再世去做有钱人吧。

王君果真投胎到了有钱人家。

他饭来张口，衣来伸手，锦衣玉食，纸醉金迷。二十三岁，他

野猪横行的日子

娶了一位美若天仙的妻子。三十六岁，他接管了王氏集团，成了亿万富翁。

这一天，他亲自去催收一笔货款，对方倒满了十五杯白酒，王总，一杯白酒一百万，总共一千五百万，少喝一杯少给一百万，您瞧着办吧！

王君咬了咬牙，眼睛一闭将十五杯白酒一口气倒进肚里。他扶着桌沿走了五步，便扑通一声倒在了地上……

阎王把眼睛睁开了一条缝，王君，再世你也只活了四十三年，难道做有钱人也不幸福吗？

王君泪如雨下，阎王爷呀！有苦难言啊！钱多有什么用！弱水三千，我只取一瓢饮，广厦万间，我仅取三尺眠。为了钱财，我舍弃了健康，舍弃了快乐，舍弃了亲情、友情，我几乎成了一架挣钱的机器。而我的老婆，居然红杏出墙啊！你说这样的日子我能幸福吗？

阎王点了点头，那你说，人世间到底什么人最幸福？

王君道，其实人世间做官最幸福。

阎王真是很大度，他说，准你来世做官，你去吧。

再世，王君果真做了官，而且是个很大的官。他要风得风，要雨得雨，威风八面，万人仰视。啊啊！我是世界上最幸福的人，他时常陶醉在无边的幸福里。

王君得意忘形，后来，稍不留意，被别人挤下了台，王君长吁短叹，最后郁闷而死。

这不是王君吗？怎么四十三年，你又跪到了我的脚边？难道做官也不幸福？！阎王有些吃惊。

王君泪雨倾盆，阎王啊阎王！人说当官不为人，为人不做官，整天讲着大话、假话、套话，言不由衷，欺上瞒下，明争暗斗，尔虞我诈，风声鹤唳，枕戈待旦啊！你说这样的日子能幸福吗？

阎王有些不快了，那你说，人间究竟什么样的生活才是幸福的生活？！

王君说，我总算看明白了，茅舍布衣，粗茶淡饭，丑妻近地，最原始最纯朴的生活才是最幸福的生活。

那么好吧，阎王说，你可以走了。

王君就走了。他睁开眼，看见剥落的石灰天花上一只蜘蛛在织网，风从没有防盗网的窗口吹来，把一块破玻璃窗摇得叮叮咣咣作响，一个干瘦的女人被风吹了过来，老公，咱们明天去乡下我妈那吧，多住几天，白天可以钓鱼，晚上可以捉野兔呢。

王君闻到女人身上的油烟味，厌恶地说，你走开些！

你刚才不是做梦说什么土地什么的吗？女人有些委屈，躲进了厨房里。

一刻也活不下去了，我宁愿喝酒醉死，宁愿遭人暗算郁闷而死！呜呼！王君绝望地想，他的眼睛直勾勾地盯着没有防盗网的窗口……

王君爬上窗台，回头看了房间最后一眼，义无反顾地跃了下去。

病

人吃五谷，免不了生百病。肉体的病不要紧，吃几片药，打两针，大不了割下病变的部位，不几天就好了。可怕的是人心的病，人性的病。更可怕的是有病不知道有病，有病不承认有病。那样，终有一天将病入膏肓。

野猪横行的日子

在一个与世隔绝的森林里，我遇到了一位鹤发童颜的老人。老人用洞悉宇宙的目光观察了我五分钟，说，你有病。

我有病？

回到城里，我立刻到大医院彻底地检查了一遍身体，一切正常。

是不是我心理上、精神上有什么毛病？

于是跑到省城医院去查。正常。

于是跑到京城医院去查。正常。

于是跑到欧洲、非洲、拉丁美洲去查。正常。

我还是不放心，找到美国最顶尖的医院。

医生说，说说你主要的症状。

我说，没有——只是……只是，在街上，一看到美女，我就觉得是自己的老婆，就想把她弄上床。还有，一看到钱，我就想把它据为己有。有一次，我心安理得地朝一辆运钞车走去，差一点就被保安一枪给蹦了。

这样吗？这太正常了。医生说。

忘情水

我希望长出一双翅膀，无拘无束地在天空飞翔。

我爱做梦，总是通宵达旦。

日有所思，夜有所梦。哲人都这样说。于是，醒着的时候，我尽量去做一些其他的事，免得自己胡思乱想。

我看书。所以一到晚上，鲁迅先生那撇小胡子就在我梦里扎了一个通宵。

我看电影。所以一到晚上，我身上就长出了一对翅膀，在梦里的天空中飞来飞去。

我看艳情画报。所以一到晚上，我做了一夜的春梦。

梦严重地困扰着我，影响了我的正常思维和工作。

于是，我找到一家"梦消失的地方"俱乐部。

一个头儿模样的人给了我一杯水。

什么水？我问。

忘情水。

扯淡！真有忘情水？

但我还是喝了一杯。喝了一杯，梦就少了。喝完三杯，梦奇迹般消失了。

后来我加入了他们的俱乐部，当了二把手。

我们赐予无法计数的人忘情水，他们喝了之后，一个梦都没有，睡得格外香甜。

第三辑　暧　昧

　　兰二姐长得美，面如桃花，又斯斯文文，轻轻地抿着她的小嘴吃饭。牛儿就坐在她的右手边，两人一条条凳。牛儿把屁股挪到条凳的最顶端，他并拢着腿，两手也紧夹着两肋，不敢吃菜，不敢大口吃饭，甚至于喘气都紧张得要死。好像那兰二姐是他什么人，时时刻刻都会向他瞪过来一眼，在桌子底下踢来一脚……

——《羞涩年代》

阿雅的爱情

　　知音琴舍觅知音，本以为合奏一曲凤求凰，却原来，大雅之器沦为阿堵物的盛皿。阿雅最后嫁给了天佑，一俗到底。是阿雅妥协了吗？是阿雅堕落了吗？是谁叫她选择了妥协？

　　阿雅的婚事成了父母的心病，读再多的书又有什么用？长得再美又有什么用？看着已经二十七岁，仍然形影孑然的阿雅，父母长吁短叹。

阿雅不免也心情落寞，对月伤怀，郁郁寡欢起来。

但毕竟，婚姻讲究一个缘字，强求不得。

阿雅教书，到了周末，也没有好出处——她没有真正意义上的朋友。好在她弹得一手好琴，这样，不至于百无聊赖，度日如年。

一个春雨如诗的黄昏，阿雅撑着一柄花伞走进了街心花园一角的梨园。

小桥、流水，亭台、茅舍，梨花开处，落英如雪。阿雅沿着一壁蔷薇篱笆往前走，到了一方池塘边。池塘的中间，九曲木桥连过去，有一幢黑黑的木屋，那是市古琴协会的活动基地，门楣上挂着一块古拙的牌匾"知音舍"。

阿雅在木桶里沐浴，浴毕，她从属于自己的小衣柜里拈出一叠皂色的衣衫——那是一套汉服。阿雅深深的嗅了嗅衣服，然后穿戴整齐。头发在后头挽一个髻，用一只檀木的钗插着。最后阿雅再一次净手，焚香、点烛在琴台上。木屋里顿时烛光摇曳，檀香四溢。凝神片刻，阿雅突然一抬手，在琴弦上一抚，叮叮咚咚，如一串玉珠落入银盘。俄顷，阿雅的手舞动起来。琴声便像水一样流淌了。

演琴完毕，阿雅从"知音舍"出来，猛然发现九曲桥头站着一个人。阿雅有些心慌，匆匆地从那人身边走过时，禁不住别头看了一眼。那是一个年轻的男子。

你在这儿干什么？阿雅问。

听你弹琴，男子说。

野猪横行的日子

阿雅心里一暖，问，你听出我弹了什么？

"凤求凰"，男子说。

哦，有一丝春雨落进阿雅的心里。

阿雅哦了一声，慢慢地走出了梨园。到门口，阿雅假装着很无意地猛然回了一下头，当她发现身后只有如织的雨帘时，心里不免有些莫名的滋味，复将身子转过来朝梨园里张望。

男子又一次来听琴时，阿雅把他请到了屋里。男子毕业于大学器乐系，懂琴、也会弹琴，技法虽然不像阿雅炉火纯青，但也相当纯熟，不是高手，很难听出其中的瑕疵。

一来二去，阿雅和男子相恋了，男子叫阿水。

阿水从背后搂住阿雅，将嘴贴到阿雅的耳根边，阿雅，明天我朋友的爸爸六十岁生日，你和我一起去吧。

阿雅点了点头。

阿雅没有想到，阿水将她领到了全市最豪华的酒店。酒店里人头攒动，熙熙攘攘。寿星脖子上挂着一根巨大的黄金项链，坐在一把太师椅上接受着一拨又一拨人的祝福。

阿水的朋友天佑走上舞台，拿着麦克风兴奋地喊道，各位领导，各位商界的精英，各位亲朋好友，感谢大家百忙之中前来给我父亲祝寿，为了感谢大家，现在我隆重地邀请我们柳城之花，古琴名媛阿雅小姐给大家演奏一曲。

阿雅这才看见，舞台中间已经放好了一张古琴。

阿雅正尴尬着，阿水跑过来低声地说，阿雅，天佑的爸爸是柳城首富，企业家协会的会长。你无论如何要给我面子。阿水低着声音，语气里透着乞怜。

阿雅红着脸说，琴棋书画，琴是大雅的东西，这么嘈杂，哪来意境，对谁弹？

阿水说，你别管什么意境二境，对着麦克风弹就是了！他们听不懂的，他们也根本不会去听，他们的目的只不过是附庸风雅，往脸上贴金。

阿雅几乎被天佑硬架着按到了琴椅上。

天佑大声宣布，现在，请大家欣赏——《恭喜发财》。

阿雅的身子猛然一歪，几乎被这个声音击倒，她僵在那里。

阿水的脸也红了，踌躇了片刻，还是把嘴俯在阿雅的耳边，阿雅，人家答应给五千块钱的。算了，阿雅，为了我们以后的前途，开始吧！

阿雅的手颤抖着，像被雨水打湿了翅膀的蝴蝶，怎么都飞不起来。

阿雅在心里叹了一口气，扬起手来，只听得叮咚一声，一根琴弦断了。断了的琴弦像瓜蔓一样卷到了琴身的一端。

阿雅摊了摊手，起身朝下面的人群深深一揖，然后头也不回地走出了酒店。

阿雅回到"知音舍"，心乱如麻。

她长长地叹了一口气，然后沐浴、更衣、焚香，坐在琴台边，芊芊玉手像蝴蝶一样飞起来。琴声水一样流淌，绕进她心里，又从她眼睛里流出来，湿漉漉的。

这是一曲《高山流水》。

一年后，阿雅嫁给了天佑。

柴米夫妻

老夫老妻，柴米油盐，四平八稳，波澜不惊，这实际上是夫妻生活积淀的必然，已经到了极佳的和谐境界。别以为一切可有可无，无关紧要。男人就想试一下，女人也想试一下，结果一切都乱套了。

男人有一份收入稳定的工作，有房有车。上面老人已经去了天国，下面女儿嫁入富贵人家。一切烦心作急的事都不复再有。这一对五十岁出头的夫妻，日子已经过得非常平淡了，就像一列驶入正轨的火车，无惊无险，平淡无奇。

男人下班回来，喝喝茶，看看书，写点小文章，在网上看看电影。生活每天都像复印机打出来一般。五十多岁的人，已经没有年轻少年时的壮志雄心。倒也优哉游哉，慵懒而享受。

女人干干家务，其余的时间就坐在镜前化妆，把脸化得像一个白冬瓜，然后穿着她的跳舞裙去跳广场舞了。

两人除了偶尔可有可无的年轻人那点事，完全各干各的，互不相干。又默契相处，持久和谐。

间或有些无伤大雅的争执。

比喻最近女人的脸越画越白，粉都在一层一层往下掉，裙子几乎都看得到屁股了。

男人在看一本关于哲学的书——男人总认为自己是一个很有内涵的、很儒雅的人。男人说，请你相信我的审美，一个五十岁的女人，穿着打扮一定要稳重内敛，不轻浮、不夸张，你这样打扮如果放在一十八岁，叫青春，叫天真。现在呢？叫浅薄，叫无知，令人贻笑。

男人的话说得有些重、有些气，他最近的确对老婆有些看不惯，无缘无故就要生一些小气。又说，广场舞是什么舞？一群头脑简单的老大妈神经质的手脚抽风。寂寞吗？寂寞干点有意义的事。

女人才不管他，好像没听见，照样干她的。兴趣盎然，乐此不疲。

男人心里淡淡地叹气，他是想旁敲侧击。旁敲侧击什么呢？自己也说不清楚。

女人终于有一天应该是厌烦了，觉得实在是无聊了，或者是老公的谆谆教导生了效，也许，她感觉到了老公对他的嫌弃。女人说，老公，我出去打工吧？

男人不吃惊，心里有几分高兴，他居然盼望着女人不在身边。有一些如同一匹关在栏里的牛盼望着牧人离开的心情。早该如此嘛！他心里说。他找到了旁敲侧击的注脚。

女人小心翼翼地、试探着说出她要出门的想法，她本以为丈夫会大肆反对，却看出了男人的默许和心悦。

女人就有些小小的伤感，却还是兴奋地走了。她对锅盆瓢碗说不上厌倦，但外面的世界，怎么说都有一种若有若无的吸引，令她向往。

男人一下有些小小的高兴，有一些挣脱的、释放般的好心情。

男人在外面放肆地喝了两天酒，就有意识地收敛了自己。前面说了，他是有文化的人，能自律。他自己开始做饭了。

米在哪里呢？男人找不到米。他打电话问女人，米在哪里？

在厨房旁边杂物间那个米桶里。

啊。他找到了米。可是我一餐吃多少米呢？他只得又打电话问老婆，我一餐吃多少米？

米桶里有一个量杯，看见了吗？你一餐吃半量杯米，你最好一次煮两餐的，米少了不好煮的。

我知道，男人说。他早就计划好了，两餐一起煮，要省很多麻烦。

米淘好了，可是又碰到了一个难题。他只得又问老婆，要放多少水？

一掌深就行了。

一掌深是多少？手掌是立起还是平起？你的手掌和我的手掌大小也不一样啊，到底是多少？

终于搞清楚了，开启电饭煲。是按蒸煮还是按快煮还是按精煮按钮呢？还是……煮饭怎么就这样麻烦呢！

还有，洗衣机上面那一片密密麻麻的按钮，让男人束手无策。

十天之后，男人感到有些寂寞无趣了，一开始的兴奋已经消费殆尽。譬如说买菜，譬如说煮饭，譬如说洗衣，譬如说擦地。这一大堆简单的、与他的起居息息相关的事情总让他十分别扭、劳神。他只得勉勉强强、糊里糊涂地敷衍过去。

一切程序都乱了，好像电脑出现了乱码，好像火车跑出了轨道。

你几时回来？男人有些忍不住打电话了。

不是说半年吗。

天啊！男人在心里叫苦。

你还是回来吧，啊！男人终于下定决心要求女人。

男人开始盼望着女人回来。

仿佛一回家，女人已经把饭菜摆在了桌子上，筷子已经抽好，桌子上一杯茶冒着缕缕热气。或者饭还没有做好，女人在厨房叮叮咣咣，探出头来说，先洗澡吧。男人就轻车熟路地在一个固定的抽屉里拿出自己的衣服洗澡。那个抽屉就像一个魔术箱子，男人总是从里面变出衣服来，但他从来都是把衣服随便脱在浴室里，甩在沙发上的呀！

一个月后的某一天，女人回到了一片狼藉、乌烟瘴气的家。

男人的心一下就踏实了。

男人问女人，你不是说半年后才回来吗？

女人说，还半年，还待一天我都要疯掉了！

过 年

爱不一定轰轰烈烈，爱可能是涓涓细流，于无声处。表面的东西看起来光芒耀眼，但往往稍纵即逝，地底的东西看不见，但随时能感觉到它的现实存在。女人懂得这一些有些迟，虽是亡羊补牢，但为时不晚。

腊月十五，女人对男人说，我明天就走了。

走了？去哪儿？男人有些莫名其妙。

去外面打工，女人淡淡地说。

男人很惊讶，心猛地一沉，急急地说，不出去不行吗？几十岁的人了，还能闯出什么名堂来？要做事附近哪儿找不到事情做。

女人不吱声。

男人继续说，你走了，妈谁来照顾，八十多岁的人了。

女人沉默着。

男人又说，硬是要走，等过了年再走，大过年的，人人都往家里赶，你一个人在外面，家里人会牵挂你的。

男人不停地劝说着，枕边的女人却发出了微微的鼾声。他坐在床头，望着窗外昏黄的街灯，很久很久没有睡意。

其实女人的鼾声是装出来的，她在假寝。

她要逃开身边这个男人。

男人是乡下人，两人七年之前经人介绍认识组合了家庭。男人是装修木匠，老实、勤快。因为天生木讷，男人也没有太多的言语和女人交谈，有时头痛脑热的也不晓得问一声。最不能原谅的是，他竟然把她的生日都忘掉。

慢慢地，女人就觉得生活越来越像一杯白开水，寡淡无味。她寂寞、无聊，她在外面喝酒、打牌、唱歌跳舞。

另一个男人就走近了女人的生活。

那男人风趣幽默，善解人意，那男人是她的舞伴。

她突然觉悟到她的家庭缺少了什么，人生短暂啊！她要逃离，然后紧紧地抓住。

她逃离其实也很容易。两人虽然一起生活了七年，却没有结婚证。当年也曾去办，因为某一些原因一时没办好，便一直拖了下来。

她腊月十五出门，便是打定主意要使这段婚姻无疾而终。

女人一家人先是反对，后来见她态度决绝，也只得默认。

一家人都知道她的计谋，男人被蒙在鼓里。

年关越来越近。

第三辑 暧 昧

男人住在岳母家里，两个舅哥不住一起。本来话就少，女人一走，他便越觉得无趣，无所适从。白天在外面还好，到了晚上，总好像丢了什么东西似的心里发慌。无端的便想起女人来，便给她打电话。总是接不通，偶尔通了，她说，没电了，或者说，信号不好，然后说，没什么事我挂了。

腊月二十了，过两天就是小年。

每年一到小年，一家人就会聚在一起其乐融融的过年，然后各自回小家——男人带着女人回乡下过除夕大年。但今年没一点动静。男人打电话问舅哥，问连襟，不说来过，也不说不来过。

他问岳母，他们今年不来一起过小年吗？

等了半天，岳母淡淡地说，不知道。

到年底很忙，老婆走了，岳母就每天做饭，回来他便扒一口。他非常感激岳母，决定明天做一餐年夜饭来答谢老人。

到了明天，腊月二十四。他买了许多菜，却又不会做，急得团团转。幸好来了一个男人，男人说是女人的表哥。表哥厨艺很好。

三个人吃了小年饭，男人和表哥碰了一杯酒。

这表哥其实是老婆的相好，就是那舞伴。岳母知道，男人不知道。

腊月二十六，女人打电话问母亲，他走了吗？

走了，昨天回乡下了，我让别人给看几天屋，明天就到你哥哥那边去了，你回来一起到哥哥家去过年吧。

腊月二十八，女人心情复杂地回到了家里，推开房门，却意外地发现男人还睡在被窝里，她赶紧带上房门退到客厅，心狂跳着，觉得十分失望。

突然她觉得有些什么不对劲，冲进房间，看见舞伴和一个女人在手脚忙乱地套着衣服。

女人的脸都气紫了，一巴掌甩在舞伴的脸上，滚！滚！你给我远些滚！女人歇斯底里地吼了起来，吼过之后，泪雨滂沱。

男人回到乡下，看到人家出双入对，触景生情，惆怅伤感。不禁又想起外面的女人，心里更是热流涌动，便拿起了手机，这时女人的电话打过来了。

女人说，老公，我回来了。

男人听到女人的声音，欢喜得手都颤抖了。

我来接你，你等着，我骑车来接你啊！

女人听到男人欢呼雀跃的声音，泪又下来了。

雨　后

文章开头写了缠缠绵绵的秋雨，环境心境十分合拍。我和老人的邂逅、交流，一杯薄酒，浇灭了愁绪。待到分手时，已经是云破日出。

雨一直下，缠缠绵绵，没完没了。

雨是秋雨。

秋雨像是揉进了宋词的情愫，夹裹着落下清清冷冷的愁绪。

我坐在小饭店的一隅，独酌一杯小酒，借酒消愁。

能不愁吗？年近半百，庸庸碌碌，业绩平平，工资不高，父母年迈，儿子待婚……一切尽在不如意中啊！唉！真是扯不断理还乱。

喝酒，喝酒，想他干什么呢？于是就了一碟小菜，兀自喝酒。

能坐吗?

我抬头,就见一老者站在我面前。看样子六十多岁,花白寸头,满面红光,也是满面和善的笑。笑着,就露出一排白而整齐的牙齿。

那样的好牙是一个老人难得有的。

您坐吧,我说。

老人就将一个很有分量的工具袋放在桌腿边,工具袋里发出低而清脆的铁器撞击的声音。我判定那是一些铁锤和钻子。

老人倒了一大碗茶,粗大的喉结上下滚动,咕噜咕噜,一碗茶便干了。喝完茶,老人十分和蔼地问我,兄弟,看样子是忙业务吧?

我点头。

老人说,算起来我俩还是同行呢。

老人就有些高兴,似乎因为同行的缘故,老人和我亲近了许多。就拉了一把椅子,坐在了我的右手边。

我说,您忙些什么呢?看见我的工具袋了吗?老人说,里面都是锤子、钻子。装修总要这里拆拆、那里改改吧,我别的干不了,就干这些蠢事。

老人自嘲却又不失自尊地笑了。

其实老人一直都笑着。

我说,看样子您六十出头了吧?

不,七十二了。

我有些吃惊地看着他的脸。

不骗你,七十二了!

我提高了嗓音,那您还风里来雨里去的在外面干什么呢?不辛苦吗?儿女还孝顺吧?待在乡里,养几只鸡,养两头猪,好生享享

野猪横行的日子

福吧!

我递过去一支烟,老人摆手。这当口,服务员就将一盘掺了些许肉丝的小菜和一大碗饭放在了老人面前。我顺手拿起一只杯子,倒了半杯,推给老人。

老人连忙道谢,捏起酒杯,很风度地敬了我一下,抿了一小口。

听口音你是山里人吧?老人问。

我说是,就说了一个乡村的名字。

老人说,知道的,那一大片茶林还在吧?

我疑惑,您怎么那么清楚?

老人说,不瞒你,我退休前在林业局,专管你们那一带。

是吗?

不骗你,退休前是科长,我经常往你们那一带跑,那里的山山水水我都熟悉,那一大片茶林,当时还是县里的试点呢!

我惊呼到,你退休工资应该都一两千吧,还在外面奔波什么呢?

我相信他说的全是真的,但我确实不解,一个退休的科长,应该又拿着不菲的退休金,干吗古稀之年了,还干一些如此卑微的事情。

老人又笑,其实老人一直都笑着,也许他天生就一个笑模样吧。

能动就动吧,动惯了,闲下来,反而不舒服。老人顿了顿,继续说,去年拆迁,分倒是分了两套房子,就在幸福里小区,幸福里,你知道的。大儿子一套,小儿子一套。大儿子混得还可以,但小儿子就要帮衬一下,三十老几了,暂时还没有找到一份好的工作。读过研究生的,特别聪明,以后肯定有大出息。去年,小儿子的堂客生了一对双胞胎,你想,四张嘴张着吃,我不帮衬谁来帮衬?

老人最后敬了我一下,很优雅地把酒喝完,然后开始吃饭。然后，老人的手机响了，老人听了电话，吃完饭，扯了一段餐巾纸，在手里叠成四方，轻轻地擦了擦嘴，对我说，兄弟，多谢你的酒了，有人打电话，叫我去开一个墙洞，我先走了。就伸手和我握，之后提起工具袋，转身走进秋雨里。

走进秋雨里的老人，旋而又走了回来。兄弟，忘了留一个电话号码，以后有打墙的活，就招呼一声，不会误你事的，万一我干不了，我手下还有人。

老人从胸口边的口袋里抽出一支钢笔，把一串号码写在一个小小的电话本上，撕下，递给我。我随即掏出我的名片递了过去，老人仔细看了看，用钢笔抄在电话本上，再一次和我握手，告别，复又走进秋雨里。

老人走了，我的半杯酒还在，本想慢慢悠悠，把一下午的时光掺进酒杯里饮下去，却突然间，有了十分的雄心和勇气，一仰脖，半杯酒就干了。

我走到外面，发现雨居然停了，天空中，厚重的云块正朝着天边飞散。

味　道

李木匠体验了一把陌生的味道，好在他本性良善，立马心里后悔了。文章采用大量的心理描写，层层递进追踪李木匠的反省过程。李木匠不错。

李木匠走出房间，心境一下就变了。他好像偷了一件什么东西，心里发虚。他不敢出门，街上人来人往，每一个人都似乎把目光像箭一样向他投来。外屋里还坐在三个女子，她们旁若无人，或者画着嘴巴，或者描着眉毛。刚才从里屋出来的叫小红的，粑皮粑肉喊他老公的女子，此刻面无表情，一屁股甩在沙发上，不把眼角的余光看他。

连这些女人都对我嗤之以鼻，我是什么东西！我简直不是东西！李木匠心里恨着自己，讨厌着自己。他用手捂着脸，装作揉鼻子的样子走出了屋，然后惊慌失措地快走几步，逃进了一个小巷。

静下心来，李木匠突然察觉到身上有一股什么味道，他把衣袖挨在鼻子上深深地嗅了嗅，味道又没有了，走着走着，忽然又闻到了那股味道。就这样若有若无，仿仿佛佛，挥之不去。

回家了怎么见老婆？李木匠担心起来。

他骑车经过一个水沟，掬起水洗脸，又用手打湿了抹身子，又洗头，仔细闻了闻，味道没有了，才放心地骑上了摩托车。

到一个小商店，他停车买烟，一掬钱，手一挥间，那股味道又生出来了。他顿了一会，突然灵机一动，便买了一瓶小酒，喝了两口，看看左右没人，一起洒在了衣服上。

李木匠到家时太阳已经像一张大饼搁在西边的山上了。霞光金黄金黄，把屋和屋边的桂花树都染得金黄金黄，黄狗飞快地跑过来接他，一群鸡在禾场上吃着食，一只大红公鸡张着翅膀围着一只母鸡翩翩地转了一圈，然后踩上了母鸡的背。

李木匠不看，他看他老婆。

老婆把晒在篱笆上簸箕里的绿豆收进屋里，转身又将竹篙上挂着的芝麻取下来，倒提在包布里，用小柴棍轻轻地敲打，白白的芝麻就沙沙地落雨一样落下来。做完这一切，老婆又用锄头别着一只马桶到菜园里去了。

老婆没有喊他，又不是客，不需要喊。

李木匠进了屋，东看看，西瞧瞧，看看有什么事可以帮老婆做一下，他见水缸里水不多了，就从禾场边的手压井里一下一下地压出来提进屋。

今天真是太阳从西边出来了，老婆择了一把空心菜从菜园里回来看见了，笑他。

李木匠往水缸里倒水，老婆在灶边弄饭。李木匠一动身，老婆看了他一眼，你身上好像有什么味道？

味道？什么味道？没有啊。李木匠慌乱地提着空桶出了门。

他慢悠悠地压了一桶水，磨磨蹭蹭地提进了屋。

还说没有，好大一口酒气，晓得要骑车回来还喝酒，不要命了！你坐着吧！

李木匠听话地坐着，老婆盛饭过来，他就吃，吃了饭，又坐着抽烟。

老婆端来一盆水，把他的脚按进水里用力地搓着，脚在水里发出吱吱好听的声音。老婆忙来忙去，一股味道始终裹着她，那味道像土的味道，像柴草的味道，像鸡鸭的味道，像油盐的味道。这股味道李木匠太熟悉了，熟悉得有了一些讨厌。他觉得一个女人就应该像城里的女人，走过身香风扑鼻。

所以李木匠第一次走进了那种地方。

现在老婆握住他的脚发出吱吱的好听的声音，老婆身上的味道把他也包裹了进去，他深深地嗅了嗅，心里有些发软，就用刚才洗

野猪横行的日子

过脸的毛巾捂住脸，做出揩脸的样子，有热热的液体从他眼窝里溢出来，老婆不知道，他当然知道。

慰　问

所谓的慰问，其实是在做戏，其实大家都知道是在做戏，彼此心照不宣。现实社会就是如此，既要当婊子，又要立牌坊，这样的事多的是了。每一个身处其中的人，都是身不由己，心里一声叹息。

开早会的时候，金苹果广告公司丁经理对手下的七位工程队长说，田队的母亲病了，都是一家人嘛，她母亲就像是我们的母亲，咱们明天下午去他老家慰问一下，各位应该没什么意见吧？

沉默。

好，大家都默认了，那就明天下午下班后准时动身吧。

不过……我明天还真是抽不出时间来，要不改后天吧。赵队说。

后天不行，后天我老婆生日，外后天吧，钱队说。

外后天我没时间，我正好要搬新家，还不知道要忙到什么时候，孙队说。

丁经理提高了嗓门，有些生气地说，今天不行明天不行后天也不行，到哪天才行？到人家老母升天了再去吗？还有意义吗！不管谁有什么事，明天下午五点准时出发，一个都不能少！

这个这个……大家都忙，但树欲静而风不止，子欲孝而亲不待嘛，不管怎样，明天都要去。不过车的事怎么安排？我的车这几天有些毛病，不如钱队长？我坐你的车去，赵队说。

孙队说，钱队，我的车明天要送保养，我也坐你的车去。

钱队有些急了，都坐我的车，我的车排量小，能坐几个人！

丁经理拍了拍巴掌，大家有点出息好不好，不就是三十几公里路吗？烧得了多少油！不管是谁，明天都要把车开过去，一溜浩浩荡荡，不也给田队长长了脸吗！就这样定了。

丁经理于是拨通了田队长的手机，喂，田队啊，您妈妈好些了吗？我们明天下午会来看您妈妈啊！

话没说完，赵队长一把夺过了手机，喂，田队长啊，你妈妈怎么样了啊，我明天会亲自开车过来看你妈妈，对对对。

钱队急忙把头挤过去喊，田队啊，你妈妈想吃什么？我明天给带过来啊！

孙队抢过手机要讲，打开免提，里面传来田队长激动得发抖的声音，谢谢，谢谢大家！

第二天下午五点，大家准时出发了。

一个小时后，他们来到了田队长的老家。

老乡们一下看到八辆小车，都围过来看。队长们看到人们艳羡仰视的目光，都不自觉的、自豪地挺了挺肚子，一个个心里特别受用。他们这时才知道了丁经理的英明。

大家一商量，决定每人出一百块钱合在一起，写好名字后交给田母表示慰问。

大家把钱交给丁经理，丁经理说，我急着要上厕所了，交给赵队也一样嘛，他文采好，口才好，做慰问代表最合适嘛。

赵队推迟不掉，只好勉强推开田母的房门。此时田母躺在床上已经虚弱得不成人形了。赵队有些害怕，屏住了呼吸，硬着头皮走到床边。

站在门口的几位队长立马闪开了。

赵队嘴里含糊地嘟噜了一声，将钱塞在了田母床头，赶紧憋着一口气逃出了房间。

田队长家的厨房修在主屋的旁边，此时，田队长和老婆正在厨房里忙得不亦乐乎。

田队长七十多岁的老爸听说儿子的同事要来慰问，高兴得无法言表。把家里仅有的两只母鸡都杀了，又请侄儿帮忙把厨房边鱼池里养了三年的青鱼赶最大的捞了十几条，准备着给队长们走时带走。忙了一天，老人累了，斜躺在睡椅上打着盹。

一弯新月挂在池塘边的垂柳上时，队长们举起了酒杯，酒是田父酿了五年的陈年老酒。

赵队举杯，望月，听蛙鼓虫鸣，不禁诗情满怀，脱口吟道，"举杯望明月，对饮有八人"，"明月乡间照，垂柳巧梳头"。

赵队，你的之乎者也又来了，什么垂柳巧梳头，只有美女才会梳头嘛！钱队嘬了一口酒，取笑赵队长道。

赵队道，你老钱是打金的识金，打银的识银，你三句不离本行。

这真是点到老钱的真穴了，老钱是打淫的识淫，哈哈，有人大笑起来。众人明白过来后，也都哈哈地大笑起来，笑声把屋外垂柳的枝条震得一晃一晃。

伴着赵队长的诗和钱队长们口中的女人，大家把酒喝到晚上八点，才尽兴而回。

喝了酒一路上要小心一点，田队长送别了同事，屋里静下来，才突然想起了病榻上的母亲。他推开房门，惊骇地看见母亲倒在地上。在大家喝酒吟诗时，母亲挣扎着起来小解，不小心打翻了马桶，重重地跌在了地上。

田队长抱着母亲冰冷的身体，泪如雨下。

第二天，丁经理看见公司发的田母去世的讣告，赶紧喊各位队长们看，幸亏，昨天我们去见了她老人家最后一面，大家说是吧？

是的，大家异口同声，说的时候，他们都为自己昨天的慰问感到分外的得意。

我们送了她老人家最后一程，老人家应该瞑目了，是不是？

暖　昧

工作中的他和她，彼此心生涟漪，这种感觉介乎于恋爱和友情之间，平衡于行与不行的临界面，往左一点是同事，往右一点是恋人。这是一种十分美好的情愫。这种情愫无伤大雅，给生活、工作增添不少情趣。但一定要点到为止，恰到好处。

这女人三十多岁，秀外慧中，正是像花朵一样开得最灿烂的时候。巧笑倩兮，美目盼兮，裙裾窸窸窣窣，暖香摇曳浮动，仿佛她是一颗放射源，空气里辐射了令人心醉神迷的女人味道。

美女，他喊道。

她瞟了他一眼，浅笑道，你不知道现在美女是一个贬义词吗？我叫唐静，叫我唐静吧。

野猪横行的日子

这是他和她第一次搭话，他在工程部，她在材料部，她为他们服务。

每天早上六点起床，晚上六点下班，没完没了地打电话，陪业主说小心话，听工人发牢骚，不免烦不胜烦，频生厌恶逃避之心。

女人的到来，如乌云密布的夜空，突然云破天开，一粒闪亮的星星撒下璀璨的光来。

甜静，他喊道，站在她三步开外。

她有些莫名的看他，记错了吧，我姓唐呢。

糖是甜的嘛，他狡黠的笑。他领材料，她发材料，事情在轻松愉快中进行。

每天都要领材料，一来二去，就很熟络了，有时候他说的话似乎有些过，一语双关，但说得甚是婉转，又很幽默，大家总是会心的笑。

她休息了两天，这天早上上班，他已经站在材料部的门口。她笑盈盈地进屋时，他睁大了眼睛，哇，他学着少年的样子惊讶地说，你今天真是太漂亮了。

她说，每一天都很漂亮，你才发现？

是滴，太漂亮了，不过，你叫我们工程部十几个大老爷还活不活呀。

有时的说话就更进了一层。唉，你说，一天没见到你，怎么这心里就怪不是滋味呢？他说这话时，心里有些惴惴，害怕她尴尬，令她反感，认为他轻佻，因此而不高兴。所以有些不敢看她。

想我了是不是？她倒是很大方地说。

一日不见，如隔三秋，他跟着说。

有时他会含情地说，声音特别甜软，自己感觉温暖充满心房。

他说，甜甜——故作踌躇——你说，我们俩是不是今生有那么一点点小缘，难道我们之间注定会有一段故事发生吗？不然，我为什么会那么依恋你。

她说，我们是一家人嘛。

太对了，我们是一家人，他兴奋地说。

公司里的员工都是家人嘛，她说。

太对了，我们是一家人。

这时候两人的对话一下就变得纯净无比，他心里那些一语双关，浮想联翩，向斜刺里生长，撩拨得他痒痒的小手一样的东西，就规规矩矩地收了回去。

这么一些话语，都是在大庭广众之下说出来。她的办公室有五个人，都依次坐在那里，所以每次他说这么一些话时，大家都觉得有味、好玩，就跟着不咸不淡地调侃两人一番。气氛因此很活跃。

到他单独和她有机会在一起时，他会变得很拘谨，腼腆。有时候两人无意间眼光交在一起，他们都会很快把眼光错开，像一对朦胧中的少男少女的样子。

这一天两人一起出去办一点事，走过长长的走道，两人都没说话，他走在她的后面，憋着气，始终保持着五步的距离。一同站在电梯里，也没说话，两人手脚都好像不知要放到哪里的样子，眼睛也不敢对视。

户外已经下起了很大的雨，她从包里拿出一把花伞撑开，走进雨里。走了两步，她回头看他，他因为害怕雨湿了衬衣，正在踌躇不前。

她撑着伞不动步，显然，她在等他搭伞一起走，但又不喊他，只那样站着。她突然听到身后咚咚的脚步声，他把公文包搁在头上，一只手稳着，向停在路边的小车跑去。

他一头扎进小车，这边，车门打开了，一柄伞也撑开了。车门是为她打开的，伞也是为她撑开的。

车开出一段路之后，两人都还没说话，一个坐在车的左边，一个坐在车的右边，都把眼睛看着外面的雨，好像外面正在演出精彩的舞蹈。

无意间两人的眼光碰到一起，她咯咯地笑起来，他也抿嘴一笑。两人心里像拦河坝一样蓄满的水，一下就泄了。一切都变得冰清透明，海阔天空，一览无遗，了无绞绊。他伸出左手，轻擂了她一下。她伸出右手也擂了他一下，两人于是都哈哈大笑起来。

司机问，你们笑什么？

他不知道他们笑什么，他们也没说。

村主任不在家

村主任本应该待在村里为村里的老百姓办事，但现在有些村主任，他们常年混在城里，吃喝嫖赌，不问民生。这样的村主任还是村主任吗？反腐不但要打老虎，也要打苍蝇。

村主任老杜的老婆在家里开了一个麻将馆。

此时，灯火通明，乌烟瘴气，一屋的男人女人吆喝着，嬉笑着，麻将也通了人性，在桌上欢快地跳舞，稀里哗啦地叫喊。

电话不知叫了多少声，村主任老婆才侥幸听到。

喂，哪一个？你找谁？

我是老周呀！

什么老周！你是谁？

我是白天里来过的老周呀！周得贵呀！

你找谁？

我找村主任，白天来就是找村主任。

他不在家！村主任老婆啪的一声把电话挂了，她急着要到牌桌上去抽头钱。

电话又不知响了多久，村主任老婆再一次接听时已经是晚上十一点。

你是谁？村主任老婆警惕地问。

我是周得贵呀！村主任回来了吗？

村主任老婆一下恼羞成怒了，她把话筒从耳边拿到嘴边大吵，周老头你烦不烦啦，白天你过来问，晚上你电话打不停，折腾七八天了，你神经呀！恼怒地把电话摔在了电话机上。

村主任是咱们的头啊！这事我不找他找谁，他要给我做主啊！

因为人老，又激动，周得贵拼着力气对着话筒说，说得上气不接下气，涎水鼓成无数的泡沫从嘴角冒了出来。他知道电话早就挂了，但他一个孤老头，他对谁说呢？六神无主呀！只得对着话筒不停地说，好像村主任在那头一直认真地聆听。

第二天一大早，周得贵用了一个小时颤颤巍巍地挪到村主任家里。

村主任的老婆在做面膜，周得贵吓了一跳，以为碰到了白面鬼。他稳住神，小心翼翼地问，村主任在家吧？

村主任老婆把黑眼珠翻成了白眼珠，不在！

那他什么时候回来？我等他。

野猪横行的日子

他死在外面了，不得回来了！

村主任老婆那样阴阳怪气，周得贵有些忍不住了，有些动气，但他压着气说，那我就去找乡长，找县长。

你爱找谁找谁！村主任老婆闭了眼，把脸朝天，躺在睡椅上不动，她怕把脸上的面膜动下来。

到了晚上，村主任家又是灯火通明，乌烟瘴气，一屋的男人女人吆喝着，嬉笑着，麻将在桌上欢快地跳舞、稀里哗啦快活地叫喊。

村主任一般混在城里，不是在歌厅里，就是在洗脚城里，不是在洗脚城里，就是在饭店里，应酬啊！忙啊！没时间回家啊！

今晚好不容易回家了。他很大方地给每个人发烟，笑容可掬地在每一个牌桌边巡看，不时地弯下腰，替别人摸一把牌，不急着翻过来，闭了眼，很专业地用两个手指去探，然后突然大叫一声，胡了！把牌砰的一声拍在桌上。

这一招总是获得满堂彩，满屋的人挤过来抢着吃红。

这时村主任家的电话在响，一直在响，也不知响了多久。

村主任走过去接听。

你哪个？

我是周得贵呀村主任！我都找你十几天了呀村主任，打你的手机又打不通，你要给我做主呀村主任，隔壁的王老板回乡修房子把我的地基都压了一半呢，你要给我做主呀村主任！

我说周得贵，你都七老八十岁的人了，又没儿女，你要那地基干嘛呢？压就压吧！

村主任，你怎么能这么说话呢？我好歹还没死呢。

村主任说，不是吗？你不都七十多岁了吗？不没儿没女吗？我说错了吗?

村主任说完,很轻鄙地挂了电话,他紧跟着摸出手机,喂!王总,有人告你的状呢?你强占民宅,该当何罪?哈哈!

我说村主任大人,您神通广大,这点事还能难住您吗?老规矩,您上城,一切开销我买单……

电话还在说,座机又响了,村主任拿起电话,你哪位?找谁?

我找村主任,里面一个男人说。

村长不在家!村长有些烦躁地挂了电话,转脸又喜笑颜开地和手机那边的王老板调侃上了。

可是座机一会儿又响了起来,一直顽强地响。

村长恼怒地抓起话筒,找谁?

我找杜天村主任老杜。

村长听到又是刚才那男人的声音,大声地吼道,你神经病是不是,我说村长不在家!

电话里说,我是刘明,刘副县长,我听出了你的声音,你们村周得贵找我,我现在找你。

村主任的手机还没挂,王老板听到里面半天没有声音,喂喂!村主任?你怎么了!

羞涩年代

少年少女,情窦初开。这种感觉是很美的。当一个人老了,回忆自己的年轻时光,若有所失间,少年的一幕幕像鸡毛掸子般在心里刷过，其实也是一种享受。

　　大雁一队一队向南飞去了，枫叶红了又落下来。

　　妈妈说，哟，今年无论如何要做衣衫了。

　　一家人都三年没添一件新衣了呢！妈妈都积攒了三年。

　　村里兰二姐，十六岁，便成了一个八乡十里出名的裁缝。就选了一个秋高气爽的好日子把兰二姐请了过来。

　　爹爹挑着担子，一头是缝纫机，一头一个小小的箱子，两头重量不等，就把扁担一头长一些，一头短一些，一闪一闪，吱吱呀呀。因为每人都预备着一件新衣，爹爹的步子便也十分的轻盈。

　　牛儿，吃早饭后叫兰二姐先给你量一下身子，牛儿——刚刚还在呢，一下就鬼到哪里去了呢？妈妈洗着碗，一边喊着，一边就探头喊牛儿。

　　兰二姐黑油油的头发，前额盖着齐齐的刘海，后头一个漂亮的马尾，那马尾用一方蓝蓝的手绢扎着。那个好看，牛儿都说不尽呀！

　　兰二姐长得美，面如桃花，又斯斯文文，轻轻地抿着她的小嘴吃饭。牛儿就坐在她的右手边，两人一条条凳。牛儿把屁股挪到条凳的最顶端，他并拢着腿，两手也紧夹着两肋，不敢吃菜，不敢大口吃饭，甚至于喘气都紧张得要死。好像那兰二姐是他什么人，时时刻刻都会向他瞪过来一眼，在桌子底下踢来一脚。

　　以后叫兰二姐做你的老婆，就不怕你穿衣牛了。妈妈见牛儿穿衣磨损得快，有一次这么说。牛儿当时脸红红的，心里却万分的欢喜。好像妈妈那么一说，兰二姐就真的以后会娶了过来。

随笔随语

现在牛儿不禁又想到了那些，心自然是咚咚地乱跳，更加不敢看兰二姐一眼。就这样心慌慌又幸福着时，兰二姐吃完了一点点饭就起身离席了，却不防牛儿因为只坐了条凳的一点点，身子一下失去平衡，就朝一边倒了下去。

兰二姐一惊，回头伸手就拉住了牛儿。

兰二姐自以为做了错事，没有提醒牛儿注意。两双眸子无意相对，就见兰二姐脸颊绯红，黑葡萄般的眼珠子先是一惊，紧跟着弯弯的睫毛盖下来，却又怎么也盖不住一脸的歉意和羞涩。

牛儿也认为出了一个大丑，脸红成了鸡冠。待妈妈喊他量身子时，他已经躲在了屋后面。

牛儿不答应，但又不走，好像脚下长了根。

牛儿——妈妈又在屋前的禾场上喊了。

好像兰二姐晓得他就躲在屋后面，好像兰二姐的眼光穿过了板壁望过来了，牛儿张了张嘴，差一点就答应出了声，他赶紧用手捂住了嘴。他瞧瞧自己的脚，因为要上山砍柴，穿着一双旧的草鞋，裤子因为穿得太久，膝盖上稀了纱，露出了肉皮，罩衫当然也破，又不知道多久没洗了，因为每次上山都要穿它，妈妈说也不值得洗了。

答应了就得让兰二姐量身子。牛儿后悔得要死，为什么早上不穿上那双新的布鞋？换上那套前天洗过的衣衫。他又恨妈妈不该叫他今天去打柴，以至于穿了这么一身。想一想，兰二姐拿了一根皮尺，量身高、量项围、量胸围、量腰围、量袖长、量裤长。面对面站着，隔那么近，能看见她耳垂上的汗毛，吐气都能听得清楚，两手围过来量腰，好像要把人搂进怀里，那温暖的皂香跟着就扑来了呀！天

野猪横行的日子

啊！会死人的！

中午，牛儿不敢回家了，但他又多么盼望着回家啊！下午也不敢回家，那缝纫机的咚咚声却顽强地在心里敲响着，兰二姐的刘海，兰二姐的小手的温暖，兰二姐的皂香，一切都在牛儿的心头、身边缠绕不停。

到天黑了牛儿才背着一捆柴回家。这时兰二姐已经走了。

妈妈很恼火地骂他，你死到哪里去了！还晓得回来！妈妈骂他是因为他的身子没量成，预计中的一件衫子没做。

牛儿一下就发了很大的火，把饭碗摔得叮叮响。那碗在桌子上转了半天才停下来。

妈妈的气便更大了，你有什么用？有什么用！人家兰姐儿和你一般大，你只配给人家舔屁股！还许配给你呢，我呸！

牛儿那个怒啊，他抓起刚刚才停稳的那只碗，狠狠地摔在地上。跑出门、朝前跑，眼泪哗哗啦啦地流了下来。

梦中情人

近朱者赤，近墨者黑。我画强盗，无形之中也变得龌龊起来。我不甘堕落，自我救赎，寻求美好。最后，我自救成功。画中的女孩走进了我的生活。

我是一个落魄的画家，穷困潦倒。

这天，我把一个大款硬扯进了破旧的画室，希望他买走一两幅画，解我燃眉之急。

大款在画室里摇了半天头，终于驻足在一幅画前，那是一幅杀人越货的海盗图。

你画的？他问。

是，我怯怯地说。

你给我画一百幅——不——一千幅不一样的强盗图，这是给你的定金。大款顺手甩给了我一叠钱。

大款用我画的强盗图作为蓝本，弄成塑像，建了一个强盗主题公园。

游人如织，生意十分火爆。

我也因此名声大噪，来参观、买画的人络绎不绝。人们赞不绝口，这才是真正的艺术！

我成了著名画家，上报纸、上电视。当然，我也因此暴富了。

但人就是怪，有钱了，某些时候，我却有些落寞寡欢起来。

这天晚上，我突然梦见了一个十分美好的女孩子。惊醒之后，我立即提笔画梦中的女孩。我画女孩的笑，画女孩的哭，画女孩站的样子，画女孩坐的样子……我画了一百张女孩不同的姿态。

我不想停笔。

来买画的人惊讶不止，你画这些美女图干什么！那些强盗图呢？

我说，从今以后，我不会再画强盗。

人们大失所望，痛心疾首地说，你这是堕落，自甘堕落！

我笑了笑，继续画我的美女。

一个阳光明媚的早晨，我打开房门，看见一个女孩站在我面前，那女孩就是我画中的女孩。

野猪横行的日子

我太爷和太奶奶的故事

这是一个抗日故事，也是一个爱情故事，有情有义。民族危难面前，放弃个人的爱情乃至生命，这是大义。抗日胜利后，回到女人身边，这是情。有情有义，可歌可泣。

我们这里管爷爷的父亲叫太爷，管爷爷的母亲叫太太。

我七八岁的时候，太爷和太太都还健在。我太爷是北方人，到老都讲一口官话。

太爷个头高大，八十多岁了，腰不弯，背不驼，走路稳健，讲话高声大嗓。他的性子急，脾气火爆，稍有不顺眼就骂人。骂着骂着，突然就禁了声了，脸上挂了笑，身子就有了弧度，像一张弓弯在了那里。

那时刻我太太就静静地站在一边，用眼睛看着太爷。

太爷赶紧像现在电视里演的太监伺候太后的样子，点头哈腰地扶着太太了。

我太爷居然怕太太，简直不可思议！

我太太是典型的南方小老太，身材玲珑，佝偻，脸像一枚大大的核桃，一双小脚像一对尖尖的粽子。只是那一口牙却出奇的好，八十多岁了还白而且整齐，想必年轻时是一美女。

太爷和太太有着怎样的故事？这之间的过往，到两位老人去世多年之后，我才知道清楚。

1943 秋天，常德保卫战打响了。

那一天，太爷奉命带领二十几个伤员朝后方撤退。他们退到离城二十多公里的一个山窝坐下来休息。突然，前后左右枪声大作，他们陷入了鬼子的包围。当场，有六个战士牺牲了。

匍匐在地上的战士抬起头来，已经有三个鬼子用枪指着他们的头了。

他们被迫放下了武器。

鬼子把他们押进了一个小村子。小村有三十几个老百姓，他们知道常德城里在打仗，但不以为鬼子会跑到山旮旯里来，所以没有躲走。

鬼子把十几个国军战士连同三十多个老百姓关进了我太太家的堂屋里，在堂屋的周围架起了稻草。

我太太的娘被鬼子挑了出来，太太的娘吓得瑟瑟发抖。鬼子比画了半天，我太太明白了他们的意思，他们要太太的娘给他们做饭吃。

太太扶着她娘进了厨房。

鬼子从一头活生生的小牛身上割下了一大块肉叫太太烧。太太自作主张，另外给鬼子做了一款斋菜。这斋菜是我们那里一款很有名的菜，只用来招待最珍贵的客人。用糯米磨成浆，浆里放密不可宣的佐料。选上好的青菜叶，芋头丝，萝卜丝，红薯丝，茴香叶等，把这些素菜在米浆里打个滚，然后放在茶油里炸。炸着的时候，香气就满屋飘散了，直教人口角垂涎。

鬼子闻到了斋菜的香气，指着太太，你的吃！

太太就吃了一块。

看太太没事，三个鬼子便狼吞虎咽起来。一大钵斋菜眨眼被他们一扫而光。

过了大约半个钟头，三个鬼子不约而同捂住了肚子，脸上露出了痛苦的表情。突然，一个鬼子哇的一声吐了出来。另一个鬼子提着裤子跑向了茅厕。待鬼子提着枪要找太太，情况愈加严重，鬼子只得跑到一边稀里哗啦一顿狂泻。

我太太把炸斋菜的茶油调成了桐油。

我太太为什么没有中毒？我总是想。应该是她吃食的量小吧。

太太趁鬼子痛苦之际，将菜刀递进了堂屋，太爷和那些伤兵破门而出，用菜刀和扁担消灭了鬼子。

那时我太太才十六岁。

太爷在太太身边磨磨蹭蹭不想走了。

太太说，看样子你是军官吧？

太爷答，我是少尉排长。

太太说，你手下的兄弟呢？

太爷说，都报国了。

太太说，你听到远处的枪炮声了吗？日日夜夜响了半个月了，你就这样留在山旮旯里不走了吗？

太太转过身，已经不见了太爷的身影。

太太大喊，打完了鬼子再来找我！太太大喊了一声，但旁边的人没有听到她的声音。她是喊在心里。

两年之后的一天，我太太在池塘里洗衣，一回头，看见一个高高大大的后生站在池塘的堤上。我太太低了头，眼泪一下就下来了。

年轻帅气的后生是我太爷。

智能相机

这故事和《皇帝的新衣》异曲同工，短小，却很耐读。很有意蕴。

我发明了一架智能相机，它完全用语音操作，我说拍照，它就"咔嚓"，我说 OK，相片马上就打印出来了。最厉害的是，它能像人一样和我对话。最最厉害的是，它有思想，它能揣摩顾客的心理。

我把它背到人流如织的海滩拍照，拍出来的照片，每一个女人都貌若天仙，每一个男人都赛似武二郎。

顾客皆大欢喜。

我的生意十分火爆。

这一天——也许因为有些厌倦——我的相机有了一些情绪。

我怕出什么漏子，专门找了一对长得倾国倾城的男女来拍。

我说了 OK，美女抽出照片，立刻脸色大变了，男的立刻惊恐地张大嘴巴。

骗子！

骗子！

那对男女愤怒地相互对骂起来。

看情况不妙，我赶紧逃到一边。抽出里面的另一张照片，大吃一惊。照片上的男人女人都奇丑无比。

我问相机，怎么回事？

相机说，我只是还原了他们的本来面目而已。

你怎么能这样！我说。为了说服相机，我给它讲了著名的皇帝的新衣的故事。我说，你不要学那个小孩，不然，你会自取灭亡！

这一次，我逮住了一个器宇轩昂，意气风发的男人。

OK之后，我抢先抽出照片。照片上的男人穿着囚服，戴着手铐。我听到相机小声而鄙夷地说了两个字，贪官！

话音未落，男人抢过了相机摔到礁石上，相机立刻粉身碎骨了。

对他说声谢谢你

一个小小的故事，道理却不小，女孩的举动是为了骗一个座位吗？不是。女孩是在温暖一颗受伤的心。这个故事很有温度。

公交车在站台上停了下来，门开了，一个五十多岁的男人从前门上了车。

坐在前排的一位长头发的少年立即站起身，伯伯，您坐吧。

男人嘴里吧唧吧唧地嚼着一口槟榔，二话不说，一屁股坐在了椅子上。

少年把一只手吊在吊环上，车子不停地颠簸，少年的身子偏过来，晃过去。

公交车又停了下来，男人下了车，少年看了看车内，见没有需要让座的人，便又坐下了。

公交车再次停下来时，从前门上来一位四十多岁的女人。

少年连忙又站了起来，阿姨，您坐吧。

女人惊了一下，上下打量了少年一番，突然紧张地抱紧了胸前的挎包，退到了人群里。

车子往前走，座位就那样空着，看不见少年的表情，但看得见少年的背在晃动，少年应该是僵着的，是车子在摇晃，车在摇晃，好像整个世界都在摇晃。

突然，挤在后排的一位少女霍地站立起来，她从行李架上取下一副木拐迅速架在腋下。

少女敲着拐艰难地挪到前面。

请问，这里有人坐吗？

啊啊，你坐吧，少年回过神来。

少年护着少女坐了下来。

谢谢你，少女微笑着说。

公交车到了广德医院，少女下车。

男孩赶紧托住女孩的一只胳膊。

少女下了车，回过头来甜甜地说，谢谢你！

公交车开走了，当街边的玉兰树将要挡住车身的时候，少女两手漂亮地一张，将两只拐背到肩上，像兔子一样跳跃着跑了。

少女是到医院给她爷爷送拐的，她在车上打电话时小声地说了。

九九艳阳天

恋爱是人生中最美妙的感受，一个人如果终身没有恋一次爱，一辈子是残缺的。我寻找爱情，可是却淹没在了肉体的享乐里。短暂地欢愉带来的是来自心底的极度的孤独忧伤。人心的浮躁，爱情的沦丧，在做人的路上，我们是不是已经渐行渐远。

我碰到了一件麻烦事，非常麻烦的事，我要和小静结婚了，或者说小静要和我结婚了，或者说我父母要我和小静结婚了。总之有些乱，不！很乱，说不清楚。结婚自古以来不都是人生一大喜事吗？可是，随着婚期的一天天临近，我却像一个宣判了死期的囚徒一样，越来越恐惧不安起来。

我喜欢小静吗？不知道，我好像更喜欢小兰？不，更喜欢小香，不，更喜欢小环——唉！我真的说不清楚。

我和小静结婚是因为我们在一起已经六年了，如果我们的孩子不丢，都已经六岁了。好像按照什么道理，我们应该要结婚了，这就是我们要结婚的理由。

我们按部就班地操办婚礼，买房、买车、买衣、照婚纱照。一切按照约定俗成的程序，有条不紊。

可是，我心里却在一天一天紧张地盘算，搜肠刮肚地要找出一个合理的拒婚理由。

这天我和小静回到乡下，夜里，感觉无事可做，百无聊赖，只好轻车熟路起来。正要例行公事，突然听到一阵高亢的歌声传来：

九九艳阳天，十八岁的哥哥把军参……哥哥惦记着呀小英莲。

谁唱歌？三更半夜，小静问。

我叔叔，我说。

你叔叔恐怕有毛病吧！

确实，我叔叔就是个疯子。

小静突然像被毒蜂蜇了一样，身子猛然一紧，她欠起身体，和我隔开了距离。

你说你叔叔是疯子！

我说是。

小静立马滚下床，穿衣，穿鞋，夺门而出，然后发动小车，加大油门消失了。

简直是莫名其妙。

小静就这样失联了，我也巴不得，懒得去联系她。有时电话响，我甚至有些恐慌，生怕是她主动找我解释，要回到我身边。

我变得一天比一天快活起来，完全没有那种所谓的失恋的痛苦。

我决定暂时到小香那儿去过夜。但是第二天我在小环床上接到了小静的信息：祥，你叔叔有精神病，也就是说你肯定有精神病的遗传基因，如果我们结婚，我们就可能生下一个精神病的儿子，万幸万幸，我们没有留下孩子。拜拜！

我看完消息，欣喜若狂，抱住小环一顿狂吻。

小静一个月后就结婚了，我收到了她的婚礼请柬。我很高兴地参加了她的婚礼。她很幸福地给我介绍了她的郎君。我想象着我们两见面了会很痛苦、难过。但我们两都那样谈笑自如，好像我们之

野猪横行的日子

间根本就不曾发生过什么似的。

我那天又回到了乡下，我要把小静放在家里的几张结婚照处理掉。我叔叔在我旁边看着我，他已近六十多岁，满头白发朝一边梳着，梳得一尘不染。他的衣着也干干净净，看不出精神上有任何毛病。

我把一张我和小静穿绿军装，戴红五星军帽的合照丢在地上准备烧掉。想不到叔叔一把就抢了过去，撒腿就跑。他是个疯子，我也懒得管他，随他去吧。

晚上，我听到叔叔在一遍遍唱歌，唱他的九九艳阳天，哥哥呀惦记着小英莲，哥哥呀惦记着小英莲……

和小静拜拜后，我在小兰小香小环她们中间游离了不久，就又和一个叫小雨的女孩热恋上了。那天，我们两人缠绵时，突然接到了老爹的电话，爹说，你叔叔死了，回来吧。

我本来很恼火，但一下就莫名地高兴起来了，我压抑住兴奋，装出一种很悲痛的语气撒谎说，爹，我这几天在外地办事，真的赶不回来，要不等我十天半月回来后叔叔再下葬吧。爹说，这是不可能的，我们乡下死人了只兴放三天你不知道吗？你就忙你的吧。

小雨抱紧我，说，你叔叔死了你不回家？

假装叹了一口气——我努力装出一种悲伤的样子，说，他疯疯癫癫的，早死早托生吧！

他怎么疯的？

我说，他年轻时和一个叫春花的女孩一起在乡下剧坛演剧，两人合唱一首九九艳阳天，大家开玩笑说两人真是天生的一对，听说两人手都不敢拉呢。后来女孩出嫁了，叔叔就疯了。

还有这样的事？真是不可思议，女孩哼了一声。

简直不可思议，我说。

激情过后，我们都突然感到索然寡味，无聊透顶。就各自滚到一边，呼呼地睡着了。

作家芯片

作品不单单是讽刺了某些所谓的作家。脑壳空空，不学无术，弄虚作假，剽窃仿造，已经不是个案，大有星火燎原之势。这种现象不当头棒喝怎么得了！

我最近有一项伟大的发明，这发明最适合你，A君抿了一口茶，神神秘秘地说。

A君和B君是很好的朋友，所以A君才会这么说。

你不是做梦都想成为作家吗？

是的，A君说到B君心里去了。B君从小就有一个作家梦，二十多年来，B君写啊写啊，总共就在县报上发表了几个豆腐块，这一直都是B君心里无法消去的痛。

你讲明白点，什么发明最适合我？B君来了一些兴致。

是这样的，一块芯片，你知道的，手机有芯片，电脑有芯片，银行卡上有芯片，就连电表卡水表卡上都有芯片。一块小小的芯片有多神奇！手机有多少功能？电脑知天晓地！

A君拿出一枚指甲壳大小的芯片在手里，你瞧，只要将这枚芯片植入你的脑子，你立马就成了最伟大的作家。

B君扑哧一声笑了。

你不信？难道你没有听说过这方面的些许信息？

你虽然是博士，但叫我怎样信你？

我凭什么骗你？是朋友才帮你，你爱信不信！A君有些动气，收起芯片。

B君见A君那么认真，就将信将疑起来。

A君继续说，这芯片植入你脑子里，不会对你造成任何伤害，手术不存在任何风险。

……真的吗？要那样，你自己为什么不试一试？

我对写作完全没有兴趣。

迟疑了片刻，B君拨通了C君的电话，C君是两人共同的朋友。

没有问题，一点都没有问题！

C君是著名的脑外科教授，他说没有问题，就是没有问题。

于是，C君亲自操刀，将芯片植入了B君的颅内。

A君说，芯片在颅内一个星期就会自动和脑神经连接，从此以后，你就有了两个大脑——不，N个大脑。你知道芯片里装的是什么？是世界上所有出版过的书，天文、地理、历史、人文、文学艺术、音乐绘画……总之是包罗万象，无所不有。操作也非常简单，譬如你要写一篇爱情小说，你只要在脑子里想一下"爱情、小说"四个字，立马，你就只需要坐在电脑前放肆地打字就行了，根本就不需要什么鬼灵感之类，还苦思冥想？随便敲，玩儿一样！一篇感天动地的爱情小说就出来了。

B君寝食不宁，度日如年，望眼欲穿，扳着手指涯到了第七天，就迫不及待地在脑子里闪过了一篇小说的名字，果然，文字像水一样从指尖流进了电脑，顷刻之间，一篇小小说就写成了。其构思的巧妙，文字的优美，真乃妙不可言。

B君欣喜若狂，一发不可收拾，散文、游记、小说，短篇、中篇、长篇，历史、爱情、战争，科幻、恐怖、悬疑……只要他想写，不管什么题材，一切随心所欲，信手拈来。其风格一会像沈从文，一会像矛盾，一会像鲁迅，细读又不似。总之他的文风像雨像雾又像风，让人摸不透，把不准，说不好。也许这就是他自己独特的风格吧。

文章一篇一篇发表，书一部一部出，不出三年，B君大红大紫，成了著名作家。

又不要读什么书，又不需深入生活什么的，B君就整天泡在酒楼里，不泡在酒楼里就泡在休闲城里。

只是，B君著作等身，却没有拿到一个像样的文学奖项。

这成了B君的又一块心病。

无论如何，今年要将茅奖收入囊中！B君开着用稿费买的几百万的豪车，因为想这码事，红灯也就开了过去，一辆大卡车就和他撞上了……

B君没有抢救过来，壮志未酬身先死。

A君抚尸痛哭，哭罢，要求C君取出B君脑中的芯片，芯片在，作家就不会死。

B君的头颅打开，两人大吃一惊，B君的脑中，除了那一枚芯片，竟一无所有，空的！

第四辑　你是干什么的

千年前，我和我的手下盗走了甘古国王所有的墓室宝藏，将国王的骨头做了烧柴。

朝廷的捕快一路追捕，我逃到大漠，不小心滑进了盗洞形成的流沙里……

——《轮回》

工程师小杜

小杜好高骛远，看不起眼前的工作。生活就是最好的课堂。小杜渐渐成熟，学会了脚踏实地。最后，工作成功，爱情有成。这是一个年轻人的成长故事。

小杜站在客厅中间看老杜安装那盏大灯。

老杜在脚手架上爬上爬下，一身汗津津的。

小杜说，歪了歪了。

老杜把灯向左边移了移。小杜说，你往右移嘛。老杜又往右移了移。小杜说，移多了，往左一点。

老杜抹了一把黑汗，脸一板说，你来好不好！

我来就我来！小杜一个原地跳高，蹦上了一米多高的脚手架。定位、钻孔、接线、上螺帽，三下五除二，一盏大灯就安好了。

从脚手架上跳下来，小杜洗了手，拍了拍衣服，两手插进屁股后面的裤兜里，把耳机插入耳朵里听起了音乐。

安好了又怎么样？像个二流子。老杜说着，脸上有了一些笑意。

我看他们父子俩的架势，觉得有趣。走过去说，老杜，后生可畏，看来你该让位了。我又对小杜喊道，小杜，现在干什么工作？不如帮老爸来做电工。

小杜扯下一只耳机，说，做电工？太小瞧人了吧！

小杜撇了撇嘴，听着耳机摇头晃脑地走了。

我问老杜，你儿子现在干什么？

老杜说，刚大学毕业，没事来工地上玩玩。立志高远得很呢，说以后要成为机电工程师，但愿呀但愿！

小杜后来又到工地上指手画脚了几回，不久就到东莞去了。

大概两个月后的一天，我在另一个工地上看到了小杜，他穿着一条穿了许多洞的牛仔裤，打着赤膊，脚趾上夹着一双人字拖。

我说，小杜，你不是到东莞那边做工程师去了吗？怎么又回来了！

小杜不作声，瞟了我一眼，继续用起子上插座板。

我躲在一边打老杜的电话，老杜，你儿子不是去当工程师了吗，

野猪横行的日子

怎么回来了？

老杜说，去了不到两个月，换了三个厂子，闷声闷气又跑回来了，没辙！

我们公司技工有些青黄不接，特别需要培养一批年轻人。我说，小杜，做电工一样有出息嘛！不过，既然在公司做，就要遵守公司制度，打赤膊，穿拖鞋，都是违反公司制度的。要把工作服穿上。

小杜不屑地说，你以为我会做电工吗？我是看我老头搞不过来才帮一下忙的。我明天就会去北京。

小杜一连两天都没有去北京，他继续打着赤膊，穿着拖鞋在工地上安插座开关板。我打电话吼老杜，如果明天我看见你儿子在工地上打赤膊穿拖鞋，我就要把他赶出去！

晚上，业主一个电话把我吓坏了，夏经理，你安排的什么电工，我家客厅的大灯掉下来了！

我火急火燎赶到业主家。那盏五万块钱的大灯晃荡着，要不是还有一颗螺丝挂着就掉地上了报销了。我又逐个检查了一遍插座，发现五个插座零线和火线接反了。

我怒发冲冠地骂老杜，老杜，叫你的宝贝工程师儿子滚吧！！

小杜第三天没来了，三天后听老杜说到上海去了。

不到二十天，我又看到了小杜。

八月十五不到，天气还很热，小杜穿着老杜的工作服秋装，袖口和领口都扣得规规矩矩。他见到我，立刻把耳朵里的耳机扯了下来。他有意地躲开我。我也懒得理他。

小杜默默地在工地上干了一个月，我们俩才慢慢开始讲话。

我问，不当工程师了？

他说，干什么不都一样吗？

我说，好男儿志在远方嘛。

他说，还是脚踏实地好。

三个月后，小杜当上了电工班长。

有一天在家里吃饭，我老婆问我，小杜怎么样？

我有些莫名其妙，什么小杜，哪个小杜？

我看见女儿把碗遮着脸吃饭，一下明白了几分。

我说，这是不可能的！一个小电工！我女儿是公司的高级设计师。

以后见到小杜，我又不和他说多话了，那小样，总觉得像是打入身边的敌人的卧底！

小杜连续三个月获得优秀电工班长称号。年底，晋升为公司水电部部长。

腊月二十四过小年，小杜一脸窘态地站在我家的客厅里，女儿生怕我吼他，战战兢兢地靠他站着。我老婆倒是把脸笑得像一朵金丝菊，坐吧坐吧，还站着干什么？

哎！没有办法，丈母娘喜欢郎（女婿）啊！

老　黑

老黑第一个买 DVD，第一个修楼房，第一个买电脑上网。老黑走南闯北，关心国家大事。其实，老黑是一个追求上进的新式农民。他也许做出了一些与他的身份不相干的不伦不类的事情。但是他始终向上的精神追求是值得肯定的。

野猪横行的日子

　　我只有在每年春节的时候才能见到老黑。老黑从外面回家过年。我带着妻子和女儿回乡下陪父母过年。

　　每次一回到家，屁股都还没坐热，老黑就不请自来，推门进屋了。

　　老黑剃着一个寸头，一边却蓄着一绺头发，那一绺头发染成了金黄色，闪着啫喱水的亮光；或者是，齐肩的长头发朝后面拢着，像女人一样扎了一个马尾；有时候，又是下巴上留着一撮翘翘的山羊胡子，时不时很潇洒地捻上几捻。他的这一切装扮都与流行、时尚有关。只有一样东西在他那里永远流行——他穿着一件黑色西装，打一条蓝色领带。每一年春节回家，我都能看到他穿着黑西装打着蓝色领带在村里昂着头行走。

　　老黑急急忙忙递烟给我，烟是高级烟，烟杆子有些蔫蔫的，我知道这是别人送他后他攒下的，我当然不会说明。

　　我说，老黑，你发了！

　　老黑很享受又装出很不在乎的模样，发什么发？在外面弄点小钱而已。

　　在老家人的眼里，我是一个有知识的、有出息的人。老黑喜欢和我谈天，他觉得我们谈话档次高。有时候别人插嘴进来，说着说着，老黑脸一变，你七不懂八不懂，插什么嘴！真是对牛弹琴！把别人唬得脑壳缩进衣领里。

　　老黑问我："开车回来路上不挤吧？"

　　我说："挤。"

　　他说："过年高速应该取消收费嘛，收费还贷，贷款不可能还没有还清啵。油价又高，美国的油价每桶才五十美元，我们呢？每升七块三角五。嗨！美国真是世界警察，到处插手，最近又把手伸到了南海……"

我附和着他，嗯了几声。

老黑意犹未尽，继续滔滔不绝。他说美国有多少航空母舰，有多少什么什么舰，有什么什么最先进的武器，要打到你家前门边，绝不会打到你家后面边。

我听得一愣一愣，我真的不知道。老黑知道，他好像什么都知道。他见我都有些不知道的样子，显出自豪的神情，更加高声大嗓了。

老黑的诨名叫"董事长"。这样叫他，是大家每年过年都看见他穿着黑西装，打着蓝色的领带，穿着瓦亮瓦亮的皮鞋，还有紧跟时尚的发型，一举手一投足都是大亨的样子。而且，他总是比别人都先行一步。比如他第一个在乡里建楼房、第一个买 DVD 音响、第一个在屋顶上安太阳能热水器、第一个买电脑上网……

一过完春节，老黑就背起包裹走了。他到过北京、上海、西藏、哈尔滨、广东，还到过非洲。

老黑是一个泥瓦匠。

今年，老黑不再外出了。是在这一次事件之后我才知道他留在了家乡的城市。

那一天，老黑的老婆黑嫂来我家求我帮忙，她慌乱地说，"老黑被派出所抓了。"

"怎么回事！"

"老黑和别人打架被拘留了。"

老黑怎么会和别人打架？我知道老黑骨子里其实很善良老实的。

具体地说，老黑是在歌厅唱歌，争一个陪唱的小姐和别人打架了。我怨老黑真不该去什么歌厅，你一个打工者，弄几个钱容易吗？

有那个条件消费吗？好生攒一点钱回家以后养老吧！还学着有钱人喊上了小姐！

我把老黑弄了出来。

老黑灰头土脸，很沮丧，神情里又透着不服，透着一股犟劲。

我要把老黑送到他租住的房子，他脸色一下就变了，坚决不干。

黑嫂骂道："你是不是养了小老婆！"

"谁养了小老婆！"老黑辩道。

"你别想骗我，我一走进你住的地方，就能闻出女人味道来！"黑嫂黑着脸愤愤地说。

黑嫂坚决要求我把车开到了老黑租住的地方。

打开老黑的房门，一股潮湿的霉味夺门而出。房间没有窗，像一个窑洞，黑咕隆咚。老黑摸开了灯，房间八九平方米，架了一个床铺之后没有多少空间了。一根铁丝牵着，上面挂着衣服，把铁丝压得往下弯着。

床下面塞着铁锹、灰桶、铁筛，切割机。因为塞不下，露出了犄犄角角。

最醒目的是老黑挂在蚊帐钩上的那一条笔挺的蓝色领带。

黑嫂闷在那里。

老黑露出了窘态。

黑嫂开始骂了，"那你还跑到歌厅唱歌！你是睡在凌片上唱雪花飘——穷作欢！"

"唱歌怎么了？就兴他们城里人唱歌，不兴我们乡下人唱歌！乡下人不是人？"

老黑狡辩得理直气壮。

等他们两口子吵得差不多了，我说，"老黑，你上学的时候，成绩不太好，但是你那一嗓子歌，谁能唱过你！这样吧，我们到市里最好的歌厅去唱一次，我请客。"

老黑一下笑了，大声地说，"不！我请客，我请客。"

我说，"穿上黑西装，打上蓝领带？"

老黑会心地嘿嘿笑。

我说："喊上黑嫂陪唱？"

老黑大笑，说："就她那模样，还陪唱！她那叫驴嗓子？到池塘里捕鱼，倒不消用得渔网。"

黑嫂突然抓起一个衣架，朝老黑劈头盖脸打去，嘴里嚷嚷，老娘配不上你是不是？我打死你这个叫驴。又忍不住，自己扑哧一下笑开了。

请客吃饭

为了业务，请客吃饭。我却一步一步，越陷越深，陷入了无休止的吃请之中。作品写出了我的无奈，批判了生活中的歪风邪气。

我之所以把店开在那地方，完全是相中了楼上那家装饰公司，那公司年产值过亿。

我卖装饰五金，只要那公司稍稍照顾一下，一年赚个十万八万是没一点问题的。我们是夫妻店，一年有个十万八万也就知足了。

这年头生意难做啊！

野猪横行的日子

　　我备了好烟、好茶，只要楼上哪怕一个实习生路过，我都会笑脸相迎，点头哈腰，递烟倒茶。

　　楼上有十五个设计师，二十个项目经理，他们的一句话几乎就决定了材料使用的生杀大权，我必须接近他们，讨好他们。

　　这年头，一支烟，一杯茶已经太小儿科了。我决定请他们吃一顿饭！

　　我老婆是别人笑的撒尿了都要用麻袋过滤的人，想不到她一下就同意了。

　　为了找一个又便宜实惠，又有档次的地方，我老婆在城东城南城西城北寻寻觅觅了十几天，终于在西郊找了一家农家乐酒店。

　　我请了二十个项目经理，分两桌，每桌计划好八百元，外加每人一包好烟。二十个项目经理陆陆续续到了十二个，还有赵钱孙李，周吴郑王八人未到。

　　我急得像热锅上的蚂蚁。

　　最后来的人实在是等不得了，只得开席。

　　八人未来，成了遗憾。况且这八人偏偏是公司最得力的经理。

　　第二天，我一看见赵经理或者王经理，就觉得非常抱愧，好像做了对不起他们的事情。

　　我惴惴地和老婆说，是不是……我们请他们八人再补一顿？老婆咬咬牙，说，应该是。

　　于是把八位经理就近约在了一家高档饭店。

　　经理们酒足饭饱。老婆颤抖着手，粘着唾沫一张一张数出了九百元。我和老婆长长地出了一口气，一颗悬着的心终于落了地。

　　刚刚落地的心第二天却又悬了起来。隐隐地听人说，赵钱孙李，周吴郑王，就特别的请在高档酒店，而其他人呢？荒郊野外，粗茶淡饭，什么意思嘛！难怪，我看见柳经理时，就发现他嘴角往下扯了扯。我又看张经理时，张经理本来眼睛看着我，却很快就看别处了。我追着递给程经理一根烟，程经理说，感冒了不吸不吸。程经理是一个烟虫，不管好烟歹烟，一概来者不拒，不吸，感冒了，借口吧。

我捏着一支烟尴尬地待在凉风里。

我如坐针毡，夜不成寐。半夜，我推了推假寐着的老婆，要不……我真不敢说啊！

想不到老婆突然一下坐了起来，坚定地说，我们再请他们一起吃一顿吧！

在宴请八位经理的酒店，我很荣幸地请到了二十位经理。我受宠若惊，感激涕零。虽然花了两千多元，但我感觉特别值。

这天我正哼着小调在店子里憧憬着未来，突然有人嘿了一声，我一看，是楼上的龙设计师，我赶忙双手递上一根烟。龙设计师眼睛骨碌骨碌盯着我，眯眯笑，不作声。

我心里闷了一下午神，心咚咚地跳。但我不得不和老婆说，我说，老婆，装修总得先搞设计吧？

是的，老婆说。

设计风格由设计师定。

当然，老婆说。

那设计师要用什么材料就是什么材料是不是？

老婆把眼睛直勾勾地看着我，我低下了头。

我和老婆权衡了两天，一直认为，不能厚此薄彼，请设计师吃饭是万万不能少的。

野猪横行的日子

　　于是饭局定在星期六，男男女女，呼朋唤友，总共来了二十几人。

　　老婆付钱时，我看见她满脸通红，细细的汗珠冒在额头。我小声地对老婆说，舍得舍得，舍才会得。虽然这样说，我心里还是一阵阵发紧。

　　过了几天，楼上的老总破天荒地走进了我的小店，我高兴得都不知要把手放在那里好。

　　老总只说了几句话就走了。

　　老总一走，我的心就掉进了冰窟窿。

　　老总说，夏总啊！做生意一是要讲诚信，二是要讲质量，靠吃吃喝喝，旁门左道是不行的！

　　老总走了，我呆了，老婆哭了。

　　老婆说怎么办？我说怎么办？我知道怎么办！老婆说，最好请老总吃一顿饭，解释解释，沟通沟通，伏伏小。我想了想，也只能这样吧！

　　但老总是日理万机的人，况且凭我的颜面是请不动的。只好请了几个朋友喝了几餐小酒，出谋划策。

　　终于找到了一个朋友的朋友的朋友，那人是老总的老乡，由他出面，果然请动了老总。

　　我一咬牙，把饭局定在了全市最好的六星级酒店……

　　如此这般，楼上的生意越来越红火，而我，生意越来越萧条。我眼巴巴地望着上上下下的项目经理、设计师们，心急如焚。我备的好茶霉了，我备的好烟焉了，设计师和经理们再也不进我的小店，也不再有业务介绍下来。

　　总不能干等着关门吧？要不……请他们全公司的人吃一顿？老

婆咬着呀，声音从她牙缝里挤了出来。

话不能这么说

　　老毛是一个木匠，他也许没有太多的文化，但他有他的为人准则。他不豪取强夺，不卑躬屈节。虽然是一个小人物，但活得很有尊严。

　　木匠老毛是个古怪的人，不是说他长得歪瓜裂枣，乍一瞧把人吓掉魂魄的样子。倒是刀削成、斧砍就般长得方方正正，头齐尾齐，五十多岁了还透着美男子的气息。

　　是说他思想行为有些古怪。

　　这些年城里装修红火，老毛也来到城里。

　　有人说，老毛，你赶快多印些名片到各个小区发吧，没见到那些半桶水的木匠，到小区见到了树都要发一张，一天到晚点头哈腰，死缠烂打吗？鬼晓得你是铜匠还是铁匠！管他三七二十一，先把业务抓到手再说吧。

　　老毛却毫不动心，淡淡地说，是吗？话好像不能这么说吧！

　　老毛手艺好，到了城里，一乍跟着别人搞事，却一只荷包都包得下，谦卑得叫人好笑。给师傅们递烟点火，端茶倒水。每天早上第一个到场布置场地，最后一个离开工地。搞卫生，关电，关水，关闭门窗。

　　知道他的人说，老毛，你这是何苦，你也是一等一的高手，还要巴结他们吗？

　　老毛说，话可不能这么讲，先到为君，后到为臣嘛。

　　一个小区里只要已开工，看的人就会一拨一拨的来。看别人怎么布局设计，看人家的工人师傅的手艺，一边问一边看，心里就装下了样子，就有业主拍老毛的肩膀。

　　师傅贵姓？

　　免贵姓毛。

　　留个号码吧。

　　18973613858，这是我们包头的号码，有事您找他吧。

　　可是我只找你。

　　你找到他就能找到我。

　　业主走了，和老毛好的人说，老毛，你怎么这么蠢呢！找上门的业务不接，你怕钱扎手啊你。

　　老毛说，话可不能这么讲，这是包头的地盘，我做得再好也是他的功劳，我不能抢他的业务。

　　和他好的人说，老毛，你一辈子该穷死！

　　老毛笑了笑，不理他，一样快乐地推着刨子，刨花像一只只喜鹊，喳喳地飞起来，落到身后。

　　慢慢地，老毛身边聚了一班人。

　　开工大吉，开工大吉，业主开工总要选一个好的日子，要发烟，发红包，要请师傅们喝酒。

　　老毛把师傅们的烟全没收了，黑着脸说，施工时任何人不准吃烟。

　　为什么？

　　为什么！工地上到处是木屑，刨花，失火了怎么办？

　　工人们怏怏不乐。

酒也不准喝。和他好的师傅就有些恼火了，说，你神经病啊你！吃你毛贵的吗？我不知道跟了多少包头，不吃白不吃，我给他们装修，弄几餐饭吃不该呀！

老毛把脸一虎，平时的笑样儿不见了，仿佛要把人生吞了下去，人家没给你钱吗？你这辈子没吃过肉没吃过鱼没吃过鸡没喝过酒吗！

拍的一声，老毛把两百块钱板在桌上，你今天不开工，去买肉买鸡买酒，吃好，吃好了再来！

有一个老板姓郝，郝老板无论如何要请工人师傅们吃饭，看得出来他是诚心诚意的。

老毛微笑着说，郝总，如果我们完工后您还再请我们吃饭喝酒，说明我们做的事您比较满意，到时我们一定吃。

工程完工了，郝老板请工人们吃饭。

毛师傅问，一定要请？

应该要请！

毛师傅和郝老板击了一下掌，好，就定在明天中午。答应得非常干脆。

第二天，毛师傅去理发，他大步地走进一家高级发廊。

理发师犹犹豫豫地说，理平头一百元。

毛师傅坐在椅子上，闭着眼，很轻松地说，我知道一百元。

那您用什么牌子的洗发水？

毛师傅说，用最好的。

花两个小时理好发，毛师傅换上笔挺的雅戈尔西装，把老人头皮鞋擦得晃眼。

野猪横行的日子

　　和他好的师傅说，老毛，你平时小气地挖鼻屎吃，撒泡尿都恨不得用麻布袋滤，今天你是去相亲还是要去做新郎公？不就是一餐饭吗？用得着那么麻烦？

　　老毛还在照着镜子，他发现一根细小的汗毛没有刮掉，用两个手指很认真的拔了下来。他在镜子里看见一个伙计的鞋，回头说，你，马上把鞋上的灰擦掉，不然不要去。

　　老毛和手下六个人收拾停当，中午十一点五十八分准时赴约。在酒店门口，老毛和郝老板手拉在一起轻摇，然后在迎宾小姐的带领下昂首阔步走进了包房。

　　饭后和郝老板告别，毛师傅变戏法般弄来了一鼓油。

　　毛师傅说，郝总，这是我们乡下一点土特产，十斤茶油，您收下吧。

　　郝老板不收。

　　毛师傅说，郝总，您不要就是看不起我！

　　回到住处，伙计们一个个把眼睛瞪得像铜铃，围着老毛像看怪物一样地看他。

　　我说老毛啊老毛，你是脑壳里断了一根筋还是脑壳里进了水？你知道那鼓油值多少钱吗？

　　知道，八百。老毛轻描淡写地说。

　　那你知道那餐饭值多少钱？

　　大概五百吧。

　　你还清醒着呢！你这不亏了吗？你图他什么？图他下一回吗？人一走茶就凉，下回他还认得你是三儿还是四儿！

　　话不应该这么说吧，唔。老毛笑眯眯的，好像捡了一个宝似的。

　　伙计们摇头，不懂，不懂，老毛，你真是一个怪物。

小 满

这是一个有些淡淡哀愁的故事。一个修车工，一个有些暧昧的卖花女。小满一开始暗恋女孩，后来内心深处又产生了对女孩的轻蔑，以为她不过是一个外表纯洁内心肮脏的人。最后，小满觉出了自己内心的龌龊而深刻反省。这故事的结尾是温暖的。

从丹心大街往左斜插过去，走这条小街，到租的住处，小满可以近一公里路。小满不想走这条路，唯一的理由只是近一些，每天晚上下班，精疲力竭，他希望早一些回去。他要回去做饭，然后洗澡，然后洗衣。如果晚上八点回去，要到十点他才能收拾停当，才能坐在床上看电视，放松下来。

小满二十二岁，在一家修车行上班。

这条小街不知道叫什么街，四米宽吧，两边是五六层高的房子，底层是一溜门面房。一入夜，房里面的灯亮了，红红的、暗暗的，这样有四五家，都把红红的暗暗的光撒到街上来。于是街道就红了，就显得暧昧异常，让有些男人产生一些联想。实际上，有一些男人就在红光的暗影中闪进闪出，显出猥琐而不可告人的样子。

门面的门楣上写着"香水足浴""开心发廊""心馨旅社"等。

小满在小街上走，总是昂着头，目不斜视，也心无旁骛，所以他总是走得顺顺当当。只是有一天刚好走进小街，突然下起了大雨，因为没带伞，他只得走到门面的阶台上去。

野猪横行的日子

这样就被一个人拦住了。一个浓妆艳抹的女人，脸上堆着笑，小声而机械地说，帅哥，进来按按摩？

小满有些猝不及防，慌乱间瞥见房间里几个肉肉的女人，闲极无聊地坐在那里。

小满语无伦次，脸一下红到了脖子根。他有些愤怒，一种被亵渎了的愤怒。

第二天，小满一身正气地从小街上过。当他快要错过香水足浴的视线范围时，鬼使神差地朝里面看了一眼，这一眼，让他看到了一双不一样的眼睛，那是一个脸上写着淡淡忧伤的女孩，她的眼睛里波动着一种无奈和清凉。

小满怦然心动，如一颗盖在石板下的嫩芽儿，突然间拱动了身子。

这样，小满从小街上过，便有了一些期待。后来，好像一张密密匝匝的网将他罩住，他无法撕破、逃遁。每一次情不自禁地看过去，像事先已经有过了约定，而每一次，他都能如约看到那双忧伤的眼。这双眼睛让小满在许多无聊的长夜里滋生幻想，那幻想一天一天成长，长成一棵美妙的花树。

这样每天的一瞥过了半年，突然在一天默契对视的时间里，那双眼睛消失了。小满一下变得失落起来，这种失落的情绪长了两天，缠缠绕绕把他的心都挤满了，满得令他心痛。

小满终于鼓起勇气走进了香水足浴。他惊慌失措，一副羞愧难当的处子模样。低着头支支吾吾了半天，老板娘终于弄清了小满要找的人，脸一下垮了下来，冷冷地说，她走了！

小满逃出了香水足浴，失望令他郁郁寡欢。

小满逃出香水足浴之后的第三天，搬到了别的住处。

　　这一天情人节，小满在大街小巷上漫无目的地徘徊，无意中走到一家花店前，他看到一些摆在门口的蓝色的玫瑰花，便停了步。

　　买一束花吧？一个温暖的声音说。

　　小满是不会买花的，在他心中，消费花品是一项奢侈的行为，不是他一个乡下孩子能企及的。

　　小满还是看了过去，就看到了小冰，那一刻两人都呆立在那里。

　　久久都没有话讲。

　　不错，小冰就是小街上香水足浴里的那个有着淡淡忧伤的女孩。两人最终还是默认了对方。这样经营还不到两个月，有一天小冰被小满逼上梁山，已经到了无可反抗的地步。

　　小冰说，小满，我看得出来，你一直觉得我贱是不是？

　　如高手点穴，小满一下僵了。

　　小满是不敢去追一个花一样的花店女孩的。和花在一起的女孩，小满都觉得有花的灵气，像仙子一般纯洁无瑕。他自惭形秽，哪里敢高攀的呢？但他突然想到小冰从小街上走来，在他心里，这种差别一下就消失了。甚至于自己对于小冰，都有了一种屈尊的、施舍的行为。

　　小满觉出了自己的龌龊，自我谴责到半夜，便在手机上发了一条短信：小冰，也许你曾经做过什么，也许什么都没有做，但是，我居然把这当成了一种筹码、一种要挟。我不配做你的爱人，再见吧。

　　小满关了机，一下子心里空空荡荡了，好像五脏六腑都被挖了去，而他的眼睛，变成了两眼不歇泉。

　　小满换了手机，每天加班到很晚，尽量把自己弄得再疲惫一些。

　　一个冰冰凉凉，积雪不化的晚上，小满在一颗玉兰树下看到了小冰，看着看着，两人眼睛里都盈满了泪水，小满抱住小冰，小冰也抱住了小满，两人都那么用力地箍着对方，一会儿，便融成了一体。

树上的冰棍儿，叮叮当当落满一地。

你是干什么的

张木不仅仅是好了伤疤忘了疼。文章虽小，但小中见大，刨开了人物内心的阴暗面。

锤子、钻子，瓦刀、灰铲、切割机，鼓鼓囊囊塞满一袋。张木背着那个灰尘扑扑、沉重异常的工具袋站在秋雨里。

铁栅栏放下来，他被拦在了小区的外面。

你是干什么的！保安一身制服，威严的挡在张木面前。

我是泥瓦匠，我装修、装修。张木无端地有些慌张，都有些不敢和保安对视。保安锥子般的目光让他寒战。

出入证！保安冰冷的喊。

张木下意识摸了摸口袋，小声嘀咕，没有没有，老板还没给办呢。

没有出入证不准进入！

可是……

可是什么？没有出入证不能进去！砰的一声，进出小区的小铁门也被保安摔上了。

张木望着小区高高的房子，久久地在小区外徘徊……

张木辛苦工作，省吃俭用，好多年之后，终于在小区里买了一套小房子。

张木干不动泥瓦匠活了，就在小区里当了一名保安。现在，他戴上大檐帽，穿上灰制服，手里摩挲着皮警棍在小区里趾高气扬地迈着方步。他每时每刻都觉得骄傲自豪，主人翁的感觉令他踌躇满志。当他看见一个泥瓦匠模样的人欲走进小区，立马威风凛凛地奔过去拦住，大喝一声，你是干什么的？！

高度戒备

曾理欣赏大自然的美，思考生命的意义。他有好奇心，有探索精神。但是这一切都和所谓的好学生相差甚远。这篇小说其实是在拷问我们的教育，反思我们的一些不良的体制。

新的学校，陌生的床，他辗转难眠。凌晨一点，他悄悄推开寝室的门从三楼走到地面。

一切都静悄悄的，花圃的鸡爪枫、丹桂、垂柳，一切都沉沉地睡着，整个校园都沉沉地睡着。他轻轻地走在它们中间，像走进了它们的梦里，一切都是那样亲切可爱，生动有趣。它们不设防，所以没有惊醒，他感觉到它们的接纳，自己真真切切成了大自然的一份。

他心情愉悦地走向教学大楼，电梯早已关闭，他计划从步行楼梯一级一级爬到楼顶——即便电梯开着他也打算这么做。

他跨出很大的步子，一下跃上两级，或者三级。又双腿并立，躬身一级一级往上跳。这样每上一层，歇台上的电灯就为他点亮一盏，好像那电灯长了灵性，专门等候着他的到来。

他爬上十五层的高楼，已经气喘吁吁，汗流浃背了。但他兴趣盎然，心里充满无限的快乐。

通往天台的门锁着，他推了推，听到锁舌和门框碰响的声音。

他突然忆起曾经看过的电影，侦探们总是用一截细铁丝打开门锁。他总是想不通其中的原理，也许电影里的情节是假的？带着一定要把原理弄个水落石出的心理，他曾在家里实验过无数次。上小学时，他就对这一点耿耿于怀，他把父母给的零花钱买了一把又一把的锁，他解剖了许多的锁，弄懂了它们的原理，却始终没有造出一把万能钥匙，没有掌握用一根铁丝打开锁的方法。

今天，一定要再试一次。

于是，他把钥匙圈扳直了一些，插进锁孔，左左右右掏了几下，锁果然一下开了。他非常开心。是不是我突然一下掌握了开锁的技巧？他又将锁锁上，回忆刚才的手法，再来一次，锁又一次开了。但他又想，是不是锁的质量太差了呢？

总之，他还是觉得没有解决锁的问题，心中很有些遗憾。

他走到天台，看见一轮满月，月光姣好得让人心醉。他太久太久没有看到那凝脂一样的月光了，以至于一乍处在月光下，他感到有一丝丝害怕、不安。

他想起小时候到外婆家，看到乡下的夜空，满天谷粒一样多的星斗。它们眨眼、它们慢慢地走、飞快地划过天空。如果是有月的夜，月光会比这更加迷人！那时候的月亮和星星，就是他们的伙伴，他们的心连在一起，心心相印。现在，他疑心自己是不是不配再沐浴在不染纤尘的月光里，他感觉到月亮对自己的陌生，不，是自己对月亮的隔膜、疏远。其实，天空一样高远而神秘，星际间无数的精灵仍然在跳舞，裙裾飘飘。他仿佛回到童年，他的心飘了起来，好像身体也飘了起来，徐徐地向星空飞去。

他走到女儿墙边，两手攀住墙头，身体向上提一些。楼下的一切都被踩在脚下，都显得卑微渺小。他突然很开悟，似乎开了天眼似的，一下就明白了许多人生的道理。

他突然之间又想到了死——如果一跃而下的话。谁说死是一种逃避？死难道不是一种另外的活？难道不是一种诉求的表达方式？死有时是很有价值的！甚至于比某些活强一百倍。最可怕的是有的人活着，他已经死了。

他这样大脑异常活跃着时，被身后的大喝声唤回了头。

你想干什么！他看见两个保安站在离他十米开外。

保安高度戒备着。

你是干什么的！保安甲大喊，同时，把手电光死死地照着他的脸。

我什么都不干，只是到上面来吹吹风，来看月亮。

他的回答令两位保安很不满意，两人一路跟踪上来，他开锁的速度令他们心跳加速，一下就和学校失窃案联系到了一起。于是，保安甲拿起了手中的对讲机准备通话。

你如果喊人，我就从这儿跳下去！他喊道。其实他是不会跳的，他看到两位保安风声鹤唳的样子，突然想作弄他们一下。

两位保安一下呆立在那里。

我是高一新生，我叫曾理。他看到保安手足无措的样子，一下就心软下来。

把你的学生证拿出来！保安缓过神来，恢复了先前的威风。

野猪横行的日子

他说，深更半夜的，我带什么学生证！要不你们随我到寝室去看吧。

于是就怀着认错的心态走向保安。

保安甲一下便扭住他的右手，顺势朝后一抬，保安乙紧跟着朝痛得跪在地上的他踹了一脚。

……

曾理的父母赶到学校，他们痛心疾首。曾理的母亲就差给曾理跪下了。儿啊！你小时候就不听话，爱胡搞。你买了一屋子的锁，拆得七零八落；你把屋里的电视、唉！一切电器，你都开膛破肚。你考过一百分吗？没有，从来没有！你怎么就不认认真真读书，给妈争口气呢我的儿！

……

曾理被学校记大过处分一次。

针对曾理事件，学校全面加强了校纪校风管理。

……

晚上，保安甲和乙巡视到学生宿舍。

寝室里鼾声如雷。

保安甲想，也许他们都假装睡觉，暗地里都醒着。

于是举起手敲了几下寝室的门。

仍然是鼾声如雷。

保安一路敲着门离开，寝室内除了鼾声，没有一个人翻身的呢喃梦语。

这就对了，这就对了，学生就是来读书的嘛！保安满意地笑了，然后踏着满意的步子走了。

只有走道的灯昏昏欲睡，半睁着无精打采的眼睛。

报　酬

报酬不一定是钱、是物。一个微笑，一声问候，是比钱物更好的报酬，更高的报酬。投之以桃，报之以李，正是一种人间美德。

装修房子需要砂、水泥。

老杨是一个专门的挑砂工。

老杨站在楼下的草坪边啃一个馒头。

一个女人站在楼梯口冲着老杨喊："挑砂的，过来。"女人指着放在楼梯口的一个大冰箱："给我把冰箱搬上六楼，多少钱？"

老杨轻轻地推了推冰箱，试了试轻重。老杨说："你是知道的，冰箱不好背，又倒不得，又重，你给二十块钱吧。"

女人有些吃惊，又有些不舒服："二十块钱，你杀猪啊，十五块。"

老杨想，闲着也是闲着，十五就十五吧。就用一根很结实的绳子绑好冰箱，吃力地往肩上扛。

女人看了看老杨背后衣衫上析出的一圈圈白色的盐渍，看了看老杨脚底下灰扑扑的黄胶鞋。女人道："进门要脱鞋，到房里手不能乱摸，不能碰到我的冰箱，几千块钱，你赔不起的。"

老杨把冰箱放下来，转了转脖子。

老杨低声咕喽到："你还是找别人背吧，我背不起，莫搞坏了你的冰箱。"

女人愤怒了："你什么意思？玩我啊。"

老杨慌忙解下绳索，闷头闷脑的逃走了。

老杨躲到另一栋楼房的楼梯口，他心中不快，不停地抽闷烟。

"老杨啊，休息啊。"一个女人站在老杨的面前，慈眉善目的样子，笑吟吟的。

这女人怎么知道自己姓杨啊，老杨有些纳闷。

女人笑道："你来小区挑砂都三个月了吧，我听你伙伴都叫你老杨，你姓杨吧？"

老杨忙点头，老杨看见女人身边有一个打包好的箱子，道："是要上楼吧？我帮你吧。"

女人道："不麻烦你，一会我老公会来，我和他抬上去就行了。"

老杨道："没关系的。"不由分说，就用那根绳子很仔细地把箱子绑好，背上肩，一步一步爬上楼。

进门时，老杨脱了鞋，两只脚轮流的在裤管上擦了又擦，很小心的进屋，生怕碰到了洁白的墙壁。

老杨放下箱子的时候，女人把二十块钱放在老杨的口袋里。女人说："老杨，谢谢你，买包烟抽吧。"

老杨把钱丢在沙发上，嘴里道："不要钱不要钱不要钱。"一边急急地退出房子。

女人连忙拿了两个苹果塞给老杨，老杨不要。老杨说："我家里栽了好多苹果树，苹果都吃腻了呢。"

老杨退出房门，轻轻地替女人把门关上。

走到楼下，老杨扑哧笑了，又不是北方，家里栽什么苹果树呢？

平　衡

昨天还和大家平起平坐，今天当上了经理，大家心里就不平衡了。匡经理假装摩托车被盗，大家一下就找到了平衡。人总是嫉妒别人比自己强，但人又有同情弱者的善良。生活是矛盾的，看我们怎样去平衡。这里面有学问。

匡经理上任第一天，就被手下八位工程队长放了鸽子，早会居然有五位无故不来。

昨天还是队长，和他们平起平坐，今天，无论如何不能板起脸训人。匡经理知道应该怎么做。

匡经理小心翼翼地打了小诸葛刘队长的电话。

刘队长昨天还是他的竞争对手，自以为胜券在握，不想一眨眼败北了，此时应该还有一肚子不服。显然，五位队长不来开会是他一手策划的。

电话半天不接，终于通了，那边刘队长很意外地说，啊！是匡经理啊，对不起对不起，没听到没听到。

昨天还叫匡队、叫老匡的，匡经理听出了刘队长的揶揄，嘴角扯了扯。

刘队说，匡经理，有什么指示吗？

匡经理小声道，老刘，你不要笑我，我知道我有很多地方要向你学习，还希望你以后多帮助我。

野猪横行的日子

刘队说，匡经理太谦虚了，公司谁不知道您办事有魄力，您是我们工程部……不，您是我们公司的顶梁柱啊！公司的希望就寄托在您身上啊！如果用得着，我老刘哪怕做牛做马，都心甘情愿啊！

那好，今晚大家一起吃个便饭吧，地方您定，匡经理说。

不敢不敢，这个嘛……这个……没时间啊，我们要认真工作，绝不能给您脸上抹黑是不是。哼哈了几句，刘队把电话挂了。

匡经理请大家第二天吃饭，结果都推说有事，又黄了。

刘队们表面上服从指挥，暗地里却使着绊子，工程部工作开展不起来，公司新方案无法实施，总经理问起话来，匡经理急得焦头烂额。

这天早上八点差两分，匡经理才气喘吁吁地赶到工程部，队长们已经候在那里。

刘队说，当官了就是不同些呢！你瞧我们匡经理，都学会踩着点上班了。

匡经理苦笑着说，老刘，不要笑我，昨天摩托车被偷了，刚刚早上打车过来，又堵车。

车被偷了吗？真的吗？哈哈，怎么那么不小心呢。刘队说着居然非常开心起来，落选时心里留下的阴霾一扫而光。刘队长一高兴，其他队长都跟着开心起来。他们都有半个月没有这样开心过了。

匡经理笑着说，你们这些家伙，没一个好人，幸灾乐祸！算了算了，小偷偷也是偷，不如今晚出去吃一顿，冲冲喜，我请客。

刘队说，应该应该，塞翁失马焉知非福嘛，这样吧，咱们 AA 制，总不能让你雪上加霜吧！大家说如何？

众人说，好。

于是就去了一家饭店。

其乐融融，把酒喝到了晚上十点。

刘队长又特意骑车把匡经理送到了家。

第二天，匡经理出门，老婆问，怎么？今天又不骑车！

匡经理说，卖了吧，有人买的话给我注意一下。

老婆有些吃惊，不才买两个月吗？就坏了！

名牌车，哪那么容易坏！我说卖就卖吧，换一辆二手摩托。

你毛病！

匡经理说，我正常得很。说完，就很自信地走了。

聚　会

这篇文章虽然没有说什么很深刻的道理，但是人心里的一些小九九，小计谋也描写得很有味道。

早上八点，W装饰公司早会。

工程部丁经理对八位工程队长说，董事长昨天从北京学习回来了，今天晚上六点，他想和大家一起聚一聚，希望各位都能准时参加。

丁经理话一出口，大家就七嘴八舌地议论起来。

赵队长抢先说，聚什么聚？不就是增加产值，节约成本，提高利润老一套吗？每次回来都跟打了鸡血似的！

钱队长马上接过话头，东学西学！学什么学？把在外面学习花的钱分给我们，什么问题都解决了！

野猪横行的日子

　　孙队长接嘴道，董事长让别人洗了脑，走火入魔了，他以为在外面听别人神吹海侃之后，回来一下就能把公司做强做大，幼稚！

　　李队长刚要开口，丁经理打断了他。丁经理说，不要尽说些毫无用处的风凉话，董事长在外面花大钱学习取经，他呕心沥血想把公司搞好啊！想和大家聚一聚，是想和大家交流交流，介绍外面的好的方法，听取大家的建议嘛！希望大家晚上六点准时参加。

　　赵经理急忙插嘴道，我今晚没时间，要加班，可能要到晚上十二点。

　　丁经理说，加班要你加吗？安排好不就行了吗！

　　赵经理说，到了交房的最后关头，不盯紧行吗？董事长不是反复教导我们要以客户的利益为重吗！

　　丁经理无话可说。

　　丁经理，钱队长紧接着举手道，我今晚请假，我妈妈病了。

　　钱队长的妈妈经常生病，他常常因此请假，丁经理知道，但丁经理说，今晚聚会很重要，你就明天回家吧！

　　钱队长有些不快，说，董事长不是号召我们学习《弟子规》吗？《弟子规》不是开篇就讲"首孝悌"吗？啊，母亲病了，做儿子的不守在身边，这不叶公好龙吗！

　　丁经理无话可说。

　　丁经理，孙队长接口道，我认为我们应该体谅董事长的良苦用心，为公司着想，为公司出谋划策是不是？

　　孙队长的手机震动起来了，他摸出手机看了一下，便走到一边接听了起来。

　　唉，真不凑巧，我儿子放假回来了，要我开车去接他，我也参加不了聚会了，孙队长说。

丁经理刚刚有些感激，旋而又有些气了，说，你儿子都大学生了，你不接他不认得回家吗！

李队长这时小声说，我看就改天吧，今晚我也正好有事，我一个朋友从广州那边回来了，有朋自远方来，我不接待行吗？

丁经理不吱声，扫了两眼其他的队长，说，你们是不是也有事？既然这样，那我跟董事长说改天吧，他正好晚上十点又要赶到广州去。

大家高高兴兴地散了，丁经理也暗暗地松了一口气，正好他自己晚上也有事。

晚上六点，丁经理准时来到"洞庭渔家"酒店，一进门，板材商刘总就万分热情地拉住了丁经理的手。

丁经理笑笑说，刘总，丁某恭敬不如从命了，不好意思、不好意思。

刘总说，丁经理您说开外了，刘某感激您对我的大力支持、照顾，年底吃个便饭表示感谢，应该的嘛！

说话间，刘总把一个礼品盒塞在了丁经理的手上。

丁经理连忙推辞道，这个就不敢了，咱董事长知道了……您是知道的。

刘总狡黠地笑道，这个您就放一百二十个心吧，哈哈。

丁经理和刘总四目相对，会心地笑了。

丁经理推开一扇门，走了一弯又一拐，真是曲径通幽，再推开一间叫"桃花源"的房门。丁经理看见工程部赵钱孙李、周吴郑王八位队长围着一张圆桌，高谈阔论地坐在那里。

众人扭头看见丁经理，都吃吃地笑，丁经理也忍不住笑了起来。

朋　友

怎样定义朋友，有人把认识的所有人称着朋友，以为整天在一起推杯换盏，吆五喝六就是感情深。其实，平常之时即若即离，关键时候给予无私的帮助，这才是真朋友。所谓，君子之交淡如水。

老丁又找我借钱来了，虽然他没作声，但他磨磨蹭蹭，欲言又止的样子，我一眼就看出来了。

老丁是我的同乡，五年前来城里打工时，两手空空——吃的在肚里，穿的在身上。没地方吃，我弄熟了喊他吃一口，没地方住，我叫他和我睡一个被窝里。

半年后他把老婆孩子接到城里，在我旁边租了一间房子住了下来。老婆没事干，儿子要读书，老丁肯定是玩不转，就隔三岔五地找我借钱，一百、两百，有时急了二十三十也借。只要他开口，我从不打他的脸。时间久了，也不知道他哪些还了，哪些没还。

老丁一口一口很深地吸烟，烟头一明一灭。我知道他在下决心，从他的表情中我知道这一次肯定要借一笔不小的数目。

老丁把烟头丢在地上，用鞋底板来来去去搓了一会，终于鼓起了勇气，刀哥，我儿子上高中了，是市一中，学费加赞助费第一期要交一万多元，你借五千元我吧，过年之前一定还你。

我也是个打工的人，五千元对于我来说也是一个大数目，但他儿子被一中录取，这是许多初中学生梦寐以求的，应该帮他一下。

我这样想。

老丁又吸上了一支烟，继续说，其实我河那边有很多朋友，他们都很有钱，房子都一套一套的，但是和他们玩得实在是太好了，不好意思找他们开口。

这话听得我很是不爽，关系太好，不好意思借钱，意思是说和我关系不好，就好意思借了？

我心里有些不是滋味，说，手头确实拿不出钱来，前几天我弟弟买房把我借光了。

我撒了一个谎，第一次拒绝老丁，看着他非常失望的样子，开始有些于心不忍。

老丁丢了一地烟头，把我房间弄成了毒气室之后，终于悻悻地走了。

白天和老丁一起做事，老丁心事重重，长吁短叹。我知道他的心思，但尽量避免提起。

老丁河那边的朋友我也认识，那天正好碰到一个，就谈起了老丁。

那人说，老丁是和你一起做事吧？

我说是。

真是怪事，一年四季干事，怎么连个儿子都养不活？那天一开口就找我借五千块钱，他以为我开银行！

从老丁那蔫蔫的表情中，我知道他没有从他朋友手中借到钱。

就问，老丁，儿子应该报名了吧？

老丁无精打采地说，叫他读九中。

我说，考上一中，怎么叫他读九中？人家盼都盼不到呢。

老丁说，不管他。

我说，是不是差钱？正好我弟弟还了我一些，你拿五千去吧。

老丁一下就快活起来了，说，年底一定还你。

到了年底，老丁突然搬到河那边去了。

老丁打电话高兴地告诉我，他住在朋友家里。虽然房租贵了不少，但有客厅，有餐厅，有厨房，有卫生间，比住在老地方强了百倍。

他时常很自豪地告诉我，经常和朋友一起打牌，一起喝酒，一起到外面唱歌。他把脚上的皮鞋翘给我看，说，意大利的呢！我朋友送的。

我还经常和老丁一起做事，有时包了事也喊他。他从来不提还钱的事，好像根本就没借过，我也不好意思提起，有时给他发工钱，完全可以扣下来，但真的做不出来。

这天，我正在吃饭，看见老丁很深很深地吸着烟，一屁股坐在了我租住的房子里。我一眼就看出了他的来意。他又找我借钱来了。

位　子

一个小小的排名，竟让田经理如此的不高兴。宁愿自己花钱，宁愿挨老板的批评，也要争所谓的位置，田经理的虚荣心可见一斑。

经过两个多月的全面装修，公司的面貌焕然一新。

田经理踱着方步走到员工风采展示栏前,心里不禁咯噔了一下。

自己的相片怎么从第一位列到了第三位呢？

相片像一片树叶，把田经理的心遮得阴郁起来，这片阴影一整天都挥之不去，弄得田经理郁郁寡欢。我业绩不好吗？我哪一方面得罪了上级？我说话能力、组织能力、领导能力、提升潜力不如丁经理王经理吗？为什么丁经理排第一王经理排第二我排第三？为什……对了，肯定是按姓氏笔画排列的。想到这一点时，田经理的心才舒坦下来，才安安静静地睡了过去。

第二天，田经理提前半小时到了公司，他奔到风采展示栏前盯着丁经理的相片看，又盯着王经理的相片看，反过来又盯着丁经理的相片看。看着看着，他竟然发现丁经理的眼睛眨了一下，王经理的嘴角撇了一下。什么意思嘛！

看着看着，田经理的气又上来了。他听到走道上有脚步声，赶紧装着若无其事地走开。

回头，看见是总经理，田经理赶紧道，总经理早！

总经理没吭声，匆匆进了办公室。

田经理突然觉得十分无趣。

这时走道里传来一阵又一阵脚步声，员工们上班了。他们或者对田经理只点一下头，或者撇一下嘴，或者干脆视而不见，把田经理当成空气。

田经理尴尬着，心里特别不是滋味。总经理什么意思？员工们什么意思？以前不是这个样子啊！

这一晚，田经理彻夜难眠。

到第二天，田经理比昨天上班得迟些。刚走进公司，就见一群人围在风采展示栏前指指点点，嘻嘻哈哈笑着。

野猪横行的日子

田经理走过身，被大个子张经理扯住了。

老田啊！眼珠子都被人挖了，是不是做多了缺德事，被人咒啊？张经理幸灾乐祸地眨着眯眯眼。

田经理一看，见自己相片上的眼珠子被人烧成了两个黑洞。他勃然大怒，一抄手就将风采展示板扯翻在地，还不解气，又取下钥匙扣上的小剪刀，把喷绘的相片剪了个稀巴乱。

混蛋！

田经理一句话没骂完，就被总经理请进了办公室。

不等总经理开口，田经理立马就主动承认了错误，总经理，是我一时冲动，一时糊涂，我千不该万不该，不该撕了展板——不过你想，要是换成任何人，能不气吗？但是总经理，我遵守公司制度，接受处罚，并且保证在一天之内将展示板弄好。

总经理一句话没说，朝房门挥了挥手。

田经理火速行动，半天就将风采展示板弄好了。

田经理昨天乘人不注意，偷偷地用烟头将自己相片上的眼珠子烫了。虽然公司罚款五百，但田经理看着新做的展板上，自己排在第一位的相片，得意地偷笑着，心里比喝了蜜还甜。

红 包

卖鱼老头无意的一句话刺中了白医生的要害，这一下刺得好，白医生从此端正了医风。现实生活中，医患关系有时弄得很紧张。但愿能够多一些白医生这样的医生。

　　白医生回乡看老父亲，车开到城乡接合处，看到路边一个老头卖鱼。心想，老爹不是很喜欢吃鱼吗？于是就将车停了下来。

　　鱼多少钱一斤？白医生问。

　　五块。老头答。

　　市场上才四块呢！你怎么卖五块？其实白医生从来只吃饭，不洗碗，更不买菜，他是诈老头。

　　老头答，我就卖五块。

　　白医生挑鱼。你这鱼都死了，不新鲜了，便宜卖了吧。

　　老头有些生气了：我刚刚从自家池塘里捞上来的，你不买就走！

　　白医生没走，他挑了半天，选了一条不大不小的鱼。给剖一下。他说。

　　老头用菜刀拍鱼，拍得噼噼啪啪响。

　　白医生从车中的包里拿出一个红包，把里面的一千块钱收好，然后塞进了两元钱，然后恭恭敬敬递给老头。说，老伯，麻烦您别弄破了苦胆，啊！

　　老头用刀尖挑开红包，说，什么意思？你以为我是医生吗！

　　白医生的脸有些发热，接过剖好的鱼不声不响地走了。

　　一个月后，卖鱼老头小腿骨折，躺在了白医生工作的医院里。老头的手术由白医生来做。老头显然不记得白医生了，但白医生一直记着老头。老头塞给白医生一个红包。白医生的脸一下火烧火辣。他推回了红包，说，谢谢你，我是不收红包的医生！

转 生

一个离世千年的女孩，从来没有放弃转生做人的梦想。可是，当梦想成真时，一切都不是想象的那般美好，人心的险恶令她万念俱灰，最后，女孩选择了毁灭。这是一个可悲可叹的故事，故事虽小，外延巨大。

吃喝嫖赌，杀人越货，我什么都干。

我特别爱好的是挖坟掘墓。

一天，我掘开了一座古墓，打开棺椁，一个姑娘眨了眨眼，坐了起来。

姑娘说话了，先生，你不要害怕。我是溺亡的，我才十七岁呀！之所以千年肉身不腐，是因为我太留恋人世了，我始终怀着生的信念！

姑娘说话的当口，我脑子里已经飞快地盘算好了。

于是，我把姑娘带到宾馆，轻而易举地将她麻翻在了床上。

事后，我躲进卫生间打了一个越洋电话，用五百万把她卖给了一个文物贩子。

从卫生间出来，骇然发现，姑娘已经变成了一副骨架，眼眶里汪着两潭清水。

标志性建筑

现实生活中，按摩房，休闲城，KTV 成了标志性建筑，人人追求享乐。大家以俗为荣，以雅为耻。读书写诗成了另类，成了被人取笑的对象。这是怎样一种触目惊心的现状啊！

我的一群朋友相约一起要来看我的新房，我在房间里忙着收拾。

一会儿，朋友 A 打电话来了：

"老肖，你上次说房子在什么小区？"

"学府嘉园。"我说。

"学府嘉园在……具体在哪个位置？"

"学府嘉园就在学府西路那一块，到了学府西路，走进书香街往前 600 米就到了。"

"哦。"

A 朋友哦了一声，但听得出他有些疑惑。

隔了一会，朋友 B 打电话来了：

"老肖，学府西路到底是哪一条路？"

我说："文理学院西边那条路就是学府西路嘛。"

电话里 B 朋友也哦了一声，但听得出他好像也不怎么知道。

一会儿，C 朋友打电话来：

"老肖，我们找到了学府路，可书香街在哪里啊！"

我说："学府路 58 号那儿有一条小街，那就是书香街啊！"

又过了一会，D朋友打电话过来，

"我说老肖，我们找了半天也没有找到什么书香街，你能不能说具体点，譬如附近有什么标志性建筑，或者什么广告牌之类！"

我说"街口有一个很大的书店。"

"我们没有见到什么书店！"A朋友说。

我把头伸出窗外，看见街对面屋顶上一块巨大的广告牌，我说："你们知不知道三星休闲城？就在那后面。"

电话里传来ABCD几位朋友异口同声的声音："老肖，你怎么不早说，害我们跑了那么多冤枉路！"

轮　回

皇帝轮流做，明年到你家。昨天的盗匪，今天的帝王。这世间，谁对谁错，谁是谁非，谁说得清？

千年之后，一把刷子扫进我的眼窝，我终于重见天日。

看啦！这就是我们苦苦寻找的甘古国王。一个满头白发的老者无比兴奋地说。

教授，我有一个疑问，为什么国王的骸骨不在棺椁里呢？

老者说，轮回盗墓者洗劫了墓室里的宝藏，将甘古王的遗骸丢弃在了棺椁外面，这很好解释嘛。

一干人小心翼翼地用白布将我裹起来，我开始偷偷地笑。

……

千年前，我和我的手下盗走了甘古国王所有的墓室宝藏，将国王的骨头做了烧柴。

朝廷的捕快一路追捕，我逃到大漠，不小心滑进了盗洞形成的流沙里。

……

我被收进历史博物馆。

年轻人打开白布。被称作教授的老者愤怒地说，怎么这么不小心！把甘古王的牙齿碰掉了。

其实，他们不知道，牙齿是我自己笑掉的。

宋幼伯捉鬼

人在变，鬼也在变，人失去了礼义廉耻，鬼也亦然。最终，人丢了性命，这是报应。

话说宋定伯捉鬼一枚，得百钱。于是一发不可收拾，专事捉鬼。某一日，将一负担之鬼诳死。更得黄金百两，由此大富。

子孙亦继承衣钵。

到宋幼伯辈，开张了一跨国连锁捉鬼公司，生意火爆，赚得盆满钵满。

野猪横行的日子

　　一日，宋幼伯技痒，捉鬼。鬼泰然处之。宋幼伯乃使出祖传绝技——唾鬼。

　　鬼大笑，曰，今鬼非昔鬼，想我生为人时，何止遭千人骂、万人唾，尔等雕虫小技，何足惧矣！

　　于是取了宋幼伯性命。

第五辑 香 柚

　　我看见坐着的月亮站起来了，月光异常明亮，水巷的雾气如纱似幔，月光照着，隐隐约约间，如在梦里幻里。不声不响时，远远近近，错错落落的窗格子漏出点点斑斑温暖的灯光，水波金光闪闪、银光闪闪。此时的周庄、此时的夜、像一首意蕴深重的千年宋词，一行行写在水做的纸里。好品一盏茶呀，与这无穷的意境唱和……

——《缘》

唠叨的母亲

　　儿子大了，努力地要挣脱母亲的羽翼。母亲一边失落，一边牵挂。这篇小说用十分朴素的语言来写了一个平常、唠叨的老母亲，真情满溢，令人潜然泪下。

　　那天，我回家看母亲。

野猪横行的日子

母亲正在屋里扫地，车开到门口停下，母亲也没有察觉。我喊了三声妈，母亲才转过头来。

母亲的耳朵越来越背了。

母亲非常惊喜，问我吃饭了没有。我说没有。母亲便麻利地奔到灶房刷锅弄饭。

我坐在灶边给母亲烧火，母亲问，在外面有事做吧，我说有。母亲说，别太累着，要注意身体，要把生活过好，莫舍不得花钱，多称点肉吃，看你养那么瘦。我说，嗯。母亲问，还有油吃吗？我说有。母亲说，没油吃了就回来提，家里茶油还多，我和你爹也吃不了多少，别在外面打油吃，都是些杂油，对身体不好的。

母亲问，今天不走吧。我说走，明天早上要赶早班，要起早床的。母亲有些不高兴的样子，说，钱是弄不完的，睡一晚上走不行啦，身体最要紧。

母亲见我不作声，转弯说，要走也得吃了早晚饭再走。

母亲切好一截腊肉，又切好两块烟熏豆干，又切了一截自家熏制的香肠，又拿出一块腊羊肉。我说妈，你弄那么多吃得完吗？母亲说，又不是在外面，想吃什么就吃什么，平时在外面又吃不到，身体要紧。

母亲把菜摆上桌，一大屉锅饭也熟了。我说妈，煮这么多饭干吗？母亲说，饭要吃饱，身体要紧。

我开始吃饭，母亲就在一旁看着我吃。母亲要我喝一点酒。我说不喝，等一会儿要骑车。母亲说，也是，骑车一定要注意安全，慢慢骑，莫赶急，莫碰到哪里。

母亲见我只吃一小碗饭，非常吃惊，眼睛直直地打量着我，问，身体是不是有毛病？有毛病一定要看医生啊！硬扛不得呀！就伸手摸我的额头。有什么毛病？又不是三岁的小孩子。我嘀咕着偏开了头。

母亲逼我再吃，我只得再盛一点。母亲赶紧端起菜碗，把肉赶到我碗里，连不迭迭地把碗底的饭翻上来压住。母亲说，走的时候带一块腊肉走，家里还有。我说，不是都带几块了吗。母亲说，又不是别人家的，斯什么文。母亲问，还有油吃吗？我大声说，有！

母亲总把话车轱辘说着，我心里有些烦了。

我吃完两碗饭，母亲终于很满意，赶紧收拾碗筷，一边问，今天不走吧？我说走。母亲大声说，不走就不行吗！被窝都铺好了的。

我不作声。

母亲收拾完碗筷，挽起一个竹篮到菜园里去。我想到不该对母亲烦，心里生出了歉意，便跟在母亲后面。菜园里的菜不是很好，野草倒是长得十分茂盛。母亲说，我和你爹都老了，土也挖不动了，粪也抬不起了。说着显出非常惭愧的样子。有一处的白菜苔长得很好，母亲将菜薹一根一根掐下来放进菜篮里。我说，妈你摘那么多一餐吃得了？母亲说，是给你带走的。我说妈，城里多的是买呢。母亲说，城里的有乡下的好吃吗？怕我阻拦，母亲张开两臂拦住我，加快了摘菜的速度。

摘完菜，母亲说，啊！忘记了一件大事，小丁（我老婆）喜欢吃土鸡蛋的。

母亲急急忙忙奔到左邻右舍、上湾下湾，到处去买鸡蛋。因为是早春，乍暖还寒，母鸡生蛋很少。母亲空手而回，不作声，情绪很低落。

屋外起了大风，我在外面看竹子被吹得弯下腰，竹叶沙沙狂响，几只鸡在风里趔趄着……

母亲在屋里窸窸窣窣，不知忙些什么。我进屋时，母亲正把几

野猪横行的日子

个红薯、一个小南瓜、一些豆干分别装进一些塑料袋里。一小袋黄豆、一袋绿豆、一袋芝麻，一大块腊肉，早已分袋扎好。

我怕下雨，决定马上走。母亲很失落，小声说，也好，省得下雨淋湿了身子，早点走吧。

母亲把大包小包扎满我的摩托车，一边开始说，床都是铺好了的，随时回来都可以睡的。烧火就是饭，快得很的。忘记什么东西没有？别开得太快。还早，外面事一忙，就不回来吧！我和你爹都还动得，不要担心。

我发动摩托车，车子开始滑动，母亲突然记起什么，快步赶上我，母亲小心地问，还有油吃吗？

我不记得这是母亲第几次问我有没有油吃，把我的车扎得像一个货郎，我早就有些不高兴了

我大声说，你都问一百遍了！

母亲很尴尬，退后了两步。

过了一会母亲怯怯地问，这一走，几时回来？

我说，一有空就回来吧。

母亲说，外面一不好，就回来吧，不管怎样，家里有饭吃，有柴火烧，饿不着，也冻不着，一想家就回来吧啊。

我说好吧好吧好吧！！就一松刹车，加大油门冲走了。

今年正月，母亲查出了癌症，一个月之后，母亲走了。我想，人即便活一百岁，也要走，老了，疾病缠身，死不也是一种解脱吗？

我没有哭。

五七那天，我回家，烧完香，我走。转弯时我回头，每一次离家，回头都能望见母亲站在屋边的桂花树下看着我，可是那天，桂花树

下没有了母亲，我突然哇的一声，号啕大哭起来。

老人与井

瞎伯感激乡邻们几十年对自己的帮助，决定用自己攒下的钱为乡亲们打一口井，报答大家。但乡亲们善意地欺骗了他。小说用淡淡的笔墨，晕染出了一幅乡村纯美的图画，讴歌了人间真情。

掌灯时分，瞎伯划拉着他那根光亮的导盲棍摸到黑牛家里。

瞎伯有事没事最喜欢到黑牛家里去，拉拉家常、谈谈天，喝一杯黑牛采制的清茶。

瞎伯说，黑牛，你晓得吧，我们村里以前有一口老井的，叫善卷古井。

黑牛说，晓得晓得，我小时候听爷爷说过，说是一个叫善卷的古人，他看见春天枉水河里的水浑浊，人们喝了就生病，就带领大家挖了一口井，是吧？

善卷说，善卷是神仙下凡呢！什么都懂，他对乡里的人就像兄弟姐妹一样好，和气得很。本事很大，皇帝都要向他求助，问他治理国家的办法！

黑牛说，瞎伯，你讲得神气活现，好像见过他一样。

瞎伯说，我没见过善卷，我见过他挖的井呀！那时的井台是用桃花石砌的，周围又用桃花石铺了地面。我和小伙伴们在孤峰岭上砍柴，口渴了就跑到井边，趴在井边咕噜咕噜喝水，那水真甜呀！

野猪横行的日子

黑牛说，瞎伯，你今天总是讲井呀井呀干什么呢？

瞎伯不作声，从怀里摸出一个布包，黑牛，我这里有一万多块钱，你帮我请人打一口井吧！

黑牛急了，瞎伯！你攒几个钱容易吗！花光了以后日子怎么过？你要打一口井干什么呢？吃水还是我来帮你挑吧。

你别管，黑牛，我就想再尝尝古井里的水，我叫你打你就打。

瞎伯把话说得很坚决，怎么劝阻都没有用。黑牛只好说，那好吧，瞎伯。

第二天就开始打井了。瞎伯伯用导盲棍点点戳戳到一个地方说，黑牛，这地方就是老井的位置，就在这儿掏吧。

挖了三天，就传来了黑牛兴奋地喊叫声，瞎伯，真如你讲的，一下就挖到了老井，才下去不到二十米就出水了呢！

瞎伯急急忙忙敲着棍子来到井边，快舀一瓢给我尝尝。

黑牛舀了一瓢水给瞎伯。

瞎伯抿了一口，含在嘴里，久久地品着。

瞎伯摇了摇头，黑牛，你骗我是瞎子是不是？这是孤峰岭上的山泉水。

黑牛说，我骗你干什么？不信你丢一个石子下去试试。

瞎伯伯果真摸了一个石子丢下了井。听到扑通一声水响，瞎伯笑了。

瞎伯伯说，黑牛，你帮我把其他的乡邻都喊过来一起吃晚饭吧，要庆祝呢！

太阳一偏西，大家都陆陆续续地来了。来的人都给瞎伯伯道喜，瞎伯伯乐得白胡子一抖一抖。

这个黄昏，瞎伯伯的小屋里充满了欢声笑语。

菜每家都带来一些，合一起满满一大桌。

男人喝着德山老酒，女人也喝，瞎伯也端起了酒杯。

瞎伯伯说，黑牛，井打好了，剩下的钱你去买些管子，一家一家把水抽过去。

大家说，瞎伯，剩下的钱你自己收好，买管子每家自己管吧。

瞎伯伯说，黑牛，我十几岁就瞎了，这辈子全靠你们这些乡邻照顾，要不，我这瞎老头哪有这么好的日子！我不能忘本哪，就做这么一点点好事，也算是对大家的报答吧。我晓得我的日子不多了，我走了，麻烦大家把我埋进土就行，不许用太多的钱。黑牛，你要是不依我的，我就在你梦里来找你。

大家都哈哈地笑起来，一边举酒干杯。

瞎伯也许醉了，睡到第二天中午还没有起来。

黑牛从屋梁上爬了进去。

瞎伯伯已经睡了过去，脸上挂着满足的笑容。

把瞎伯伯抬上了山，黑牛用瞎伯伯留下的钱请了一个专业打井队。打井的人用洛阳铲在新井三米远的地方探到了老井的位置。

一层层的土起上来，露出了古老的井壁。再往下挖，堵住的泉眼打开了，清亮的水涌上来，像一朵朵百合。

黑牛从开始打的井里起上来一只盛水的大木桶，这是蒙骗瞎伯伯的。然后，从古井里打上来一桶水，小心翼翼地抿了一口。围在井边的乡邻都屏住呼吸，抿了一口。

水甜甜的，润润的，像甘露。

野猪横行的日子

死亡俱乐部

人总是身在福中不知福，只有几十年后，走到生命的尽头，才恍然明白人生的道理。死亡俱乐部是对死亡进行带妆预演。让死到临头才明白的道理提前明白。经历过贫穷的人会额外珍惜财富，经历过死亡的人会倍加珍惜生命。

叶蕾越过桥的栏杆，只要一松手，几秒之后，她将落入深谷，魂飞魄散。她回头，以为自己会反悔，会突然留恋这个世界，但她只是迟疑了片刻，便毫无眷恋地放开了双手。

叶蕾的身子像一片凋零的树叶向谷底飘去。

每年，死亡谷至少有五人跳谷自杀身亡。

两座青山，一座虹桥，桥下一撇清凌凌的江水，好端端一处诗情画意的美景佳地，怎么就成了著名的死亡谷呢？

叶蕾的身子落进江水，紧跟着又像触到网的排球弹了上来。

江水里藏着一张巨大的网。那网收拢起来，像网到了一条大鱼的样子。

等叶蕾从懵懵懂懂中清醒过来时，她已经被几乎强制性地按在了一张椅子上。

对面是一个文质彬彬的年轻人。但叶蕾毫不掩饰地表达了她的愤怒，你什么意思！想救我？

年轻人的回答让叶蕾没有想到，他说，你说错了，我并不想救你，相反，我只是成全你死。当一个人坚定了必死的信心，救得了今天，救得了明天吗？救得了这里，救得来那里吗？况且，一个人心如死水，即使活在世间也是行尸走肉，与死有什么区别，倒不如死去！

那你为什么把我网住，你有什么企图！叶蕾冷冷地反问。

我只是想让你死得体面一点。年轻人说。

人死如灯灭，死有什么体面可言！叶蕾道。

那你为什么选择这样优美的地方来死，你可以死在一个偏僻的旮旯儿，譬如荒野，譬如臭水沟，譬如垃圾堆。男青年顿了顿，继续说，实话告诉你，我办了一个死亡俱乐部，就是帮助你们这些看破红尘自杀的人死得体体面面，风风光光，毫无遗憾地离开这个世界。

叶蕾鄙夷地瞧了他一眼，更加心凉如水。道，想不到你们为了钱，居然无所不用其极。

年轻人道，随便你怎么说吧，不过，你既然去意已定，不妨成全我一次如何——我知道这是白说了，你根本就不想死。

谁说我不想死？叶蕾好像受到了极大的侮辱，愤怒地嚷。

那好，就让我来给你操办后事吧。

你别想从我这儿捞到什么好处，我出身贫寒，恋爱失败，生意破产，在这个世界上，我已经一无所有。叶蕾冷冷地道。她想，我死了看你到哪里收钱。

叶蕾被引到一个摄影房。

这是为你拍遗像，接下来在你的追悼会上，在你的墓碑上都要用上。年轻人说。

叶蕾有些迟疑地坐到了椅子上。闪光灯一眨，叶蕾的身体莫名的抖了一下。

你放心,明天我就会让你成功死去。男青年在电脑上处理着照片,轻描淡写地说。

第二天,叶蕾被一阵一阵悲怆的哀乐声惊醒,她有些不安地打开房门,年轻人引着两个侍者走了进来。侍者一人端着一盆早点,另一人端着一套折叠整齐的衣服。

谁死了?叶蕾有些吃惊地问。

这是为你放的哀乐,年轻人缓缓地的说,请您洗漱之后,用早餐——最后的早餐,然后穿上这套衣服,当然,这是一套寿衣。

年轻人在门外等了好久,敲了三次门,叶蕾才穿着那套令人心生恐惧的寿衣慢慢从房间里走了出来。她的脸色有些白。

他们循着低回的哀乐声朝前走。

哀乐声越走越大,显然,他们在走近一间灵堂。

叶蕾跨进灵堂,那碾压心脾的哀乐声就像一匹漫长的裹尸布,将她层层叠叠包裹,使她喘气都十分艰难了。

灵堂的两边摆满了花圈,中间是一个漆黑的灵柩,一张香案,香炉里点着香,青蓝色的烟在空中无声地蜿蜒,时不时有白色的灰烬落进香坛里。叶蕾的相片已经被放大,加上了黑框,放在鲜花中。

年轻人把叶蕾牵到灵柩旁边。侍者已经打开了灵柩的盖子。

叶蕾突然变得惊恐异常,她的意识开始有些控制不了自己的肢体,身体像筛糠般抖了起来。但是一切都不由分说,她被两个侍者按进灵柩,沉重的盖子缓缓合拢来,人世间的光明就像被剪刀一寸寸剪掉了。当棺盖合拢时,那轻轻地一声碰响,宣告着叶蕾从此阴阳两隔。

叶蕾躺在漆黑的灵柩里,突然间,一种来自四面八方的无穷的奇妙的神力将她的心灵粉碎。慢慢地,她的思维、情感开始重组,大脑由浑浊变得异常清新。

她按动了右手边的一个按钮。

半个小时之后，棺盖打开，晓蕾已经是泪流满面。她迫不及待地吸了几大口空气——空气是那样的清新甜润。她望着窗外，树叶蓝得耀眼，小鸟在枝头幸福的跳跃……世界上的一切都是那样和谐美好啊！

年轻人望着叶蕾，你反悔了吗？

叶蕾道，谢谢你救了我，如果你不嫌弃，我愿意加入你的俱乐部，帮助更多想放弃生命的人。

年轻人道，死而复生，你顿悟到了生命的意义，生命的美好，悟到了活着的价值，恭喜你。

年轻人朝叶蕾伸出了手，两只年轻的手紧紧地握在了一起。

母亲的电影

儿子产生逆反心理，和母亲隔膜起来，母亲发现了这一点，她采用了一点小小的计谋来化解矛盾。这是一个亲情和成长的故事，读来十分亲切，感人。

母亲长得很单瘦，常年疾病缠身。母亲拼命地劳动，手脚和体力上都不甘心逊于其他壮实的妇女。母亲极力地维护着自己的尊严。但是母亲还是遭到了别人有形无形的歧视。

父亲虽然力大如牛，但是嘴拙，极度老实。

野猪横行的日子

母亲把一切希望都寄托到了我们三兄弟身上，我的儿啊！你们要给我争气，要给我出头啊！母亲总是这样呕心沥血，心力交瘁的嘱咐我们。

可是我们呢，全然不懂得母亲的良苦用心。我们三人是一个小帮派，六岁的弟弟负责望风，我负责接应，十岁的哥哥负责下手。我们干一切让母亲想都想不到的坏事，令她欲哭无泪，颜面丧尽。

邻家的婶婶大妈常常气得一脸煞白，跑到我家来告状。母亲又羞又恼，扯起一根竹篾片追着我们打，常常篾片会抽在身上，一声皮肉的闷响，身上立刻火烧火燎的痛。

打挨了不少，坏事我们照样的做，甚至于变本加厉。

母亲痛心疾首，眼里冒着绝望的光，对我们下手更重。

有一次我们干了一大票。

事情是这样的，有一天我们到邻村去看拖拉机耕田，那时候这是一件很稀奇的事。我们刚到，拖拉机还在路上突突的喘大气，便被邻村的一帮孩子赶走了。

真是奇耻大辱，我们决定报复。

机会终于来了。七月的一天，他们一群到我们村来买东西。我们潜伏在棉田里伺机而动。正好他们走过了一座土桥——这是他们的必经之路。于是我们在土桥的裂缝里插上了树刺。本来埋伏在茂密的棉田里一点事没有，但是看到他们被尖利的树刺刺得鲜血淋漓的脚板，弟弟吓得飞跑起来。一下就暴露了目标。

我们都知道要遭母亲的打，惴惴不安着。

奇怪的是，母亲从田里收工回来，平静得很。做好饭，大声地喊我们回家吃饭！

我们就进了门，就坐在饭桌边埋头吃饭。

突听得背后吱呀一声响，沉重的大木门被母亲闩上了。母亲手里已经抓着了那根打人的竹篾条，她眼里冒着火苗，嘴唇在发抖。

我们逃无可逃，就站在一排，硬着头，挺着胸。竹篾条扑扑地落在我们的皮肉上，昏黄的灯光下，我看见哥哥背上挨打的地方渗出了一粒一粒绿豆大的血珠。但是，我们都犟着不哭，打死都不哭。突然，母亲哇的一声大哭起来，丢掉篾条，瘫到地上了。

母亲那晚哭得伤心欲绝。

我们不知不觉就和母亲生分起来，不和她说话，也不看她。这样不知有多少时间。母亲渐渐地在我们面前装出一些很高兴的时候，很亲热地叫我们，很开心地笑。有两次她炒了一碗黄豆，喊我们吃，她自己先吃了两粒，很夸张地咔蹦咔蹦地咀嚼。他想感染我们，想和我们和解，我们都看出来了。可是我们不吃这一套。

马上就到了冬天。

这一天母亲收工回来，天已经黑了。哥哥在堂屋里有气无力地剁猪草，我和弟弟在禾场里狠命地踢一个风干了的芦瓜。

母亲一进门就大声嚷嚷，怎么不去看电影！怎么不去看看电影？

我们怎么不想去看电影，一村的小孩都邀在一起去邻村看电影了。我们害怕母亲，不敢去。我们正在生闷气呀！

赶快洗脚赶快洗脚，我们去看电影！母亲催着我们。她从碗柜的屉子里翻出一包东西，你们看，这是什么。我们看到了一包金灿灿的蚕豆。怎么样？昨天晚上炒的，怕你们三个贪吃鬼偷吃呢，不敢惊动你们。

我们抄小路往邻村赶，虽然吃着香喷喷的蚕豆，我们还是不理

野猪横行的日子

母亲。

母亲提着一盏父亲用罐头瓶做的防风煤油灯。她一会儿跑到我们前面，一会儿跑到我们后面，把手里的煤油灯举高举低地给我们照路。

要过一块冬水田，母亲大声地喊，一定要小心了，别掉进了田里，打湿衣了会冻死的。她把灯高高地举在头顶倒退着走。

母亲大呼小叫，我们一样不理她。

突然听到一声水响，母亲一下掉进了水田里。滚倒的时候，她伸出右手，把煤油灯稳稳地坐在了田埂上。

我们惊呼，异口同声地喊着，妈、妈、妈！

我们把母亲从田里扯起来，我们大喊，妈，我们不看电影了，我们回家。

母亲说，可是妈妈真的很想看电影，真的，翻过了前面那座山就到了，你们听。

我们听得见电影很清晰的声音，一声声撼动着我们的心。

母亲说，不碍事，我们去看电影。

到达电影场，已经是人山人海。我们只得在幕布的后面找到了一个不太好的位置席地而坐。

夜凉如水，母亲开始咳嗽。我们扯来了稻草包裹着母亲，紧紧地靠在一起给她取暖。母亲的身子开始在不停地发抖，我看见她眼睛里亮闪闪的。

……

母亲老了。

有一天我给她梳头，问她，妈，记不记得我们小时候，有一次去看电影。

你是说那一次，我掉进了水田里？

我说妈你记性真好。

母亲狡黠地一笑，说，小杂种，妈七八岁就在田里打滚了，一扁担宽的田埂我都跳得秧歌，给我捶捶背，小杂种。

花 爷

人生的最高境界是什么？是放下，舍得。花爷看薄名利，看薄生死，淡泊人生。好似多了一份慵懒，少了一份进取。其实，广厦万间，我只需三尺眠，弱水三千，我只取一瓢饮。花爷与世无争的生活态度，不也是一种自我的方式吗？我们难道能说他不对吗？

花爷姓李，不姓花。

花爷是个花匠。这地方，人死了，都兴扎灵屋。做这种营生的人，就叫着花匠。

花爷喝过墨水，字写得有板有眼，画儿画得好，画虫画草，活灵活现。纸糊的灵屋，花爷扎、剪、粘、贴。门柱上滚龙，屋檐上挂灯，窗帘上描花，大门两边还刻上一副对联，道的是：人间只有千年树，世上难活百岁人。还要扎纸人纸马，丫鬟长工，金银珠宝，五禽六畜。好一派雕梁画栋，金碧辉煌。令人叹为观止！然后，成排成堆的码在灵屋前，一把火点燃，噼噼啪啪一阵响，青烟散尽，地上留下一堆灰烬。

花爷嘴里念叨，没了，没了，没了就是有了，有了就是没了。

因为是个花匠，叫作花爷也不奇怪啵。

野猪横行的日子

　　偏偏有人调侃，花爷，怎么不叫你李爷，肯定是你花花肠子多吧。

　　花爷挺没脾气的，同辈人笑他、小辈人没大没小，一概笑嘻嘻哼哼哈哈不予计较。

　　花爷喜欢调侃，说话俏皮，常常逗得人捧腹大笑，花爷学着渔鼓的腔调唱道，我单打鼓呀独划船，单杀猪呀独过年，哎呀呀，我花花肠子多怎么就没混个老婆，我冤枉啊我。

　　你是花园里挑花了眼吧。

　　花爷眯眯笑。

　　花爷是画多了漂亮的小姐丫鬟，把心弄高了吧。

　　花爷还是眯眯笑。

　　花爷坐在树荫下扎屋，看一眼旁边走过的女人，一本正经的喊，掉了。

　　女人穿着单薄的碎花衫子，端着一个篾箩，扭腰一看，花爷，你说什么掉了？

　　看花爷扎屋的男人们都不看花爷了，齐齐地看向女人鼓鼓囊囊的胸，哈哈大笑。

　　女人才知花爷的俏皮话，笑骂道，你个死花匠，难怪你打了半辈子光棍，太缺德！

　　其实，花爷四十岁的时候，村里张寡妇差点就成了他老婆。

　　张寡妇长得不丑，配花爷有多有剩。乡邻们都希望他们能走到一起。

　　那年，张寡妇十九岁的儿子因为犯了大罪，被正法了，倒在刑场上，谁也不敢去收尸。花爷赶了一辆牛车，把那小子拖了回来。有人悄悄地说，花爷，你也不怕连累？花爷说，人死了，还有什么罪呢？怕什么？

花爷帮着张寡妇埋了儿子，免费地给扎了一幢灵屋。从此，张寡妇黏上了花爷。正当大家都准备着喝花爷的喜酒时，张寡妇却突然嫁到外乡去了。

乡亲们有些愤然，说，花爷啊花爷，你是没有胆还是没有雄！

花爷笑笑说，是我的不需要强求，不是我的也不能勉强呗。

花爷照样给人家扎屋。

有钱人家扎，没钱人家也扎，有钱人没钱人都比着赛儿扎，屋要扎别墅，钱要成捆成箱，还要黄金白银，豪车美女。

扎就扎吧，花爷也不多语。扎个十日半月，一股脑一把火点燃，噼噼啪啪一阵响，青烟散尽，地上留下一堆灰烬。

花爷唱念道，没了，没了，没了就是有了，有了就是没了，这边没了，那边就有了。看看地上的灰，花爷拍拍手，抽支烟，然后喝酒，然后怡然自得地回家。

这些年，扎屋的人更多了，所要的规模更加宏大。甚至于城里那些当官的人死后，家人也要委托乡下的亲戚找花爷扎一幢恢宏的灵屋。

有人就问花爷，花爷，你给别人扎了一辈子屋，你死了谁给你扎？

花爷还真没有想过，一时竟给问住了。

那人就说，花爷，赶快扎一些屋烧过去吧，等到了那边，你不就成了房产商？发大财呀！

花爷就笑，你蠢，那边人人都有房子，谁还买？好像花爷刚从那边回来似的。

那人还在蠢想，花爷说，想想看，那边人人都有数不清的钱财，谁还做什么房产商!

有几天,花爷闭门不出,乡邻以为他生病了,就敲开了他的门。

大家看到花爷的堂屋里一幢小纸屋,一下就笑开了,花爷,你就给你自己扎了这么个小狗窝吗?

花爷笑道,能住就行,能住就行。

大家又发现了一个问题,说,花爷,你也不扎一个老婆,到那边也打光棍?

花爷拍了拍脑袋,就扎了一个女人放在纸屋里。第二天,来看的人又把他取笑了一通,花爷啊花爷,你怎么扎了个黄脸婆呢?还扎个小三嘛。

花爷说,丑妻近地、丑妻近地,那边一男配一女,不多不剩,没有小三。

花爷对自己的灵屋和老婆都很满意,仿佛一觉到明天,一切都变成现实了。因为高兴,他喝多了一些酒,昏昏沉沉地靠在了桌子上。酒瓶不知怎么被他碰倒了,酒顺着木桌的缝隙滴在桌下的火盆里……

等邻居们赶过来,花爷的小屋已经成了一团红黄色的火球,噼噼啪啪一阵爆响,青烟散尽,地上只剩下了一堆红红的灰烬。

父 亲

人说父爱像山,深沉、稳重。但是父爱的山一旦爆发,就是一座烈焰滚滚的火山。小说写了父亲外表冷漠,内心火热。爱子心切,令人动容。

我们一致认为，爹不是我们的亲爹！

爹在外面喜笑颜开，妙趣横生。一回到家，'咔'地一下，像拉下了一把电闸，脸一下就阴下来了。好像我们三兄弟就是三个讨债鬼一样惹他嫌。爹把眼珠子横着，脸上像落了一层雪，嘴巴一裂，就开始数落我们。叽里咕噜，哇里哇啦。觉得不解恨，就开始骂了，骂是家常便饭。打也是经常的事。堂屋的板壁上有一根竹条，像是刽子手的刑具常年挂在那里。竹条蜡黄贼亮，令人毛发倒立。那竹条是专门给我们准备的，吃过我们不少的肉。

小时候家里确实穷，连饭都吃不饱，爹可能心里烦躁，找不到出气的地方。但是你在外面怎么就像一个笑面菩萨呢？我们是你的出气筒吗？我们偷你抢你了？我们和你有仇？

我们找到的答案就是，爹不是我们的亲爹！他不善待我们，我们才不会去巴结他呢！不到万不得已，我们才懒得喊他一声。

有一次我们到外婆家摘回来了一大包枣子。枣子还没有长圆身，吃起来还有些涩嘴。我们把枣子当成了宝贝，一颗一颗地摊在饭桌上分。三兄弟分了半天，分不下去，不是你的枣大些，就是我的枣长得歪了。到吃中饭时，三兄弟争执得快要打起来了。爹正靠在一把靠背椅上打盹，突然乌青着脸冲过来，飞起一脚就把饭桌踢翻了，枣子滚得满屋都是。我们三人一下哑了口，谁都不再去捡地上的枣子，一排坐在门槛上，憋着气，一声不吭。

后来爹出去上工了，我们也不去捡枣子，任鸡一颗颗地啄。

后来，我们懒懒洋洋地来到了八斗水库边。已经是初夏，天有些热了，我们就脱了裤子，跳到水库里泅水。水库的岸边是一大块苞谷地，苞谷长得青枝绿叶，已经结了苞米。泅累了，我们就躲到

野猪横行的日子

苞谷地里偷苞谷吃，吃饱了，就把苞谷叶子扯下来搭了一个窝，躺在窝里听蛐蛐儿叫。

就那样一会儿便睡着了，后来又醒了，醒了又睡着了。最后睁开眼时，看见头顶上已经是满天星斗。天黑了，我们不敢回家，妈去了姨妈家，回家了可能被爹打死。

我们就那样惶恐着，不知道要怎么办。

这时，听到远处有人隐隐约约的呼喊声。声音由远到近。可能是爹。声音近了，果然是爹。我们拨开苞谷杆子，看见爹左手提着一盏用农药瓶做的煤油灯。他把煤油灯一下举高，一下举低，踮起脚尖朝茅草丛里探头寻找。他右手拿着一根竹棍，用竹棍不断地在草丛中拨来拨去，敲敲打打。一会儿又走到田角的一汪水边，弯下身子，把头几乎埋到了水里。用棍子探一阵，又像摸鱼一样在泥巴里面摸来摸去。摸到一把水草，使劲地捏一捏，好像我们变成了泥鳅躲在了草里。

爹脚上穿着一只草鞋，打着赤膊，许多蚊蝇围着他手中的煤油灯打圈，有好多落在他的头上肩上，他好像不觉得，一声一声地喊着我们的小名。

爹从来都没有那样喊过我们，那声音听起来好陌生，陌生得令我们不敢相信、不敢答应。

爹东一头西一脑，长一声，短一声，一路喊到了水库边。我看见爹低头看一样东西，他把灯挨着地，仔细地看，又用脚搓了两下。那是弟弟忘记在水边的一双破拖鞋。

突然间，爹撕心裂肺地喊了一声，"我的儿啊！"扑通一声就跳进水里。爹在齐膝盖的浅水里奔跑，往深处奔。水激起一人多高，水花此起彼伏，发出骇人的声音。

爹又突然恍然大悟地拼命从水里爬上岸，飞跑回了村子。

一会儿，许多人的喊叫声由远到近，人们打着火把，背着门板、竹篙、渔网，奔跑到了水库边。

人们在水里打捞。

爹在泥巴里打滚，水呛进他的喉咙，他的哭喊声变得异常瘆人。

我们不敢再躲下去，走出了苞谷地。

爹一声不吭，拉着我们的手急走，走进了堂屋，背后的大门吱呀一声关上了。我瞟爹，板壁上的那根竹条已经抓在了他的手上，他满是泥巴的脸青紫着、扭曲着，嘴巴都抖歪了。

我们跪在了地上，硬着脖子，闭上了眼睛……

香 柚

除夕之夜，我设计了一个家访。我的目的是利用学生徐兵的贫寒家境，来让养尊处优的女儿有所触动。结果，女儿的举动大出意外。女儿的表现是值得大赞的。我的私、小，被女儿一一揭穿，也应该深刻反省。

雪花还在纷纷扬扬，马路好似盖上了厚厚的白毯。

路上的车和行人稀少。

我打定主意要在今天——除夕之夜做一次家访。

我把读高中的女儿从温暖如春的空调房里拉出来。门开了一条缝，刀子一样的风吹过来，女儿尖叫了一声，连不迭往回缩身子。我一把扯住，不由分说，用脚关上了房门。

我拽着女儿的手不放，女儿弓着身子往后使劲地擤，讨厌！你家访拉我去干吗？我又不是老师。

女儿养尊处优，饭来张口，衣来伸手，养成了不少坏毛病。从放寒假回家之后，大门不出，二门不迈，一天到晚守在电脑边如痴如醉。天啊！这可怎么得了？

女儿嘤嘤地哭，可是这一点用都没有。

我初二的一个学生徐兵，父亲早逝，母亲有精神病，家境极度贫寒，已经有半年没有来校上课了。我知道也许只有今晚才能碰到他。

我和女儿扯扯拉拉了半个多小时，终于敲开了一扇门——一扇棚户区里，屋檐塌陷的老式平房的门。

开门的是徐兵，虽然蓄了长长的头发，而且脏乱着，打着结，脸又好像多日没洗的有些灰土。

但我还是一眼就认出了他。

徐兵非常诧异，用十分吃惊的眼神瞪着我，他肯定没想到我会在除夕之夜到他家里来。也许因为诧异，他没有说一句话。

一间很小的房子，墙角摆了一张显然是捡来的旧的木桌。桌上几个用菜罩罩着的碗，这应该是他们吃过的年饭。靠墙的一边有一张床，一个干瘦邋遢的女人半靠在床上。女人痴痴地看着我们，一眼便能看出她精神上有一些毛病。有一台小小的电视机，虽然雪花点像屋外的雪花一样多，但里面兀自咿咿呀呀的唱着，唱得很忘情。

我看身边的女儿，见她很显吃惊地看着眼前的一切，她显然是被徐兵家的贫穷震住了。我猜到此时女儿心里一定有很多触动、很多感慨。

这就是我要的结果，是我此次家访的真正目的。

我暗暗高兴。

当然，我还是表示了对徐兵的关心，我在桌子上压了一百块钱，安慰了徐兵几句，转身拉着女儿出了门。

女儿的步子有些缓慢沉重。

我们默默地走着，踩得积雪沙沙作响。

默默地走了好长一段路，我窃喜着要去搂女儿的腰，这时听到后面扑哧扑哧有脚步声传来。转过身，徐兵站在面前。他神情怯怯的，鼻子里喷着白气，双手捧着一个金黄的柚子平托着送到女儿的面前。

我看见女儿咬了咬嘴唇，郑重其事地接了下来。

徐兵走了，我说，你怎么能收下他这个柚子，这个柚子是他们家过年唯一的一个水果，刚才就搁在他家电视机边，难道你没看出来！

我说话的语气有些重，因为对女儿的行为很失望。

女儿这才开口道，我知道这是他们家唯一的一个水果，对于他们家很金贵，因为金贵，所以我收下。

你……可是你给予了人家什么！

女儿说，我把奶奶给的一千块压岁钱压在了他妈妈的床单下。

你……我大吃一惊，说不出话来，我不知道怎么说女儿，表扬她还是责怪她？

女儿说，妈，你舍不得！

我不作声。

妈，我知道了你此次拉我来家访的目的，你不是真正要关心徐兵，

野猪横行的日子

你是要让我看一下徐兵家的贫穷，两相对比，让我改变，是不是！

女儿又说，妈，你把别人的贫穷做道具，做教材，这样对吗？

被女儿戳穿了心机，我有些小小的慌乱。

妈，就算可以，但在徐兵家时看得出你很高兴是不是？就是说看到别人的不幸你很高兴是不是？

女儿像一个审判官那样咄咄逼人。觉悟到自己的龌龊，因而在女儿面前心虚不安。我的脸在发烫，无言以对。

我走在前面，让雪花肆意地扑打在脸上，好像要让融化的雪水洗涤心灵的污垢。因为无地自容，也不敢伸手去揽女儿，仿佛一双手也肮脏不堪。

这时女儿从后面追上我，温柔地挽住我的手，另一只手把柚子举到我面前，细声地说，妈，这个柚子香不香？

我心里还在五味杂陈。女儿把头靠着我的头，娇嗔道，妈妈，难道我刚才所说所做的这一切，仅仅值一千块钱吗？

我豁然开朗，心里突然间热乎乎的，我想给女儿上一课，反过来女儿给我上了一课。女儿的所言、所行，不正是我所希望的结果吗？

我幸福地捧起柚子凑在鼻尖，那样的冰天雪地，柚子透着沁人的香甜。

人闲桂花落

文章没有一波三折的故事，写了几个乡村老汉的闲、散。这种闲淡的生活，与四下的景致融为一体，是一种天人合一的默契。

八月的乡村，太阳出来得迟些，红着脸，羞羞答答躲在山那边的树枝头。雾似有非有，空气潮潮的，间或有些凉意袭人，也只是凉而不冷，乍寒还暖。

舫老汉从长梦中醒来，儿孙们已经下田了。稻子一片金黄，等着农人们收割。但也不急着收割，下一季要到明年三月布谷鸟叫的时候。慢慢地，到白霜打下来之前把谷子收进木仓就好。

远处若有若无的嗵嗵声，是高举的禾把板在禾桶里发出的，嗵……嗵嗵……

也无人来叫醒舫老汉，一个七十多岁的老人，能干些什么呢？能干什么就干什么吧。

谷子倒在禾场里，猪把它们拱开，麻鸭的嘴顺便一撮，把一条弯来弯去的绿虫子吞进肚子。鸡低着头，用爪子扒来扒去，歪头探脑，寻寻觅觅。

舫老汉能干的事，就是坐在禾场边晒谷子。晒谷子的运动也不多，搬一把躺椅靠在树下，手边放一把毛竹做的刷棒，刷棒的一端是劈开了的，劈成几瓣，一晃动，噼噼啪啪发出一阵声响，吓得鸡们鸭们猪们扯起脚板跑到一边去。其实，赶不赶也不要紧，吃就吃吧，吃得了多少呢？吃也是应该的，赶也就那个意思吧。

舫老汉把他的躺椅放在禾场边的老桂树下。老桂树至少有五十年了，圆圆地把枝丫撑开，像一把巨大的油纸伞。零零星星的桂花落下来，那是几只鸟在枝丫间跳来跳去碰落下来的。

舫老汉眯着眼睛等人，他们或者会来，或者不来，来不来都由他们。说是等，是没一点等人的焦急的，来了就来了，没来就没来，随随便便。

野猪横行的日子

　　但三个老汉还是来了，好像无意中走到了桂花树下，就在长久摆在那里的椅子上随便坐了下来。他们先是悠闲地坐着，相互也不言语，旁若无人一般，不知怎样就说起话来，好似自言自语，也不是要找人倾诉的样子，别人听与不听都无所谓。石桌上有付骨牌，黝黑发亮，看来是手摸来摸去，包了浆。不知不觉间，有人的手摸到了骨牌，就玩儿着在手里弄来抚去……不知何时开始，四个老汉就在桂花树下打起牌来了。所兴的筹码不多，一毛两毛的，或者干脆就是几根叶儿烟、一把煮熟的落花生。

　　太阳照上来，照得人软软绵绵。舫老汉慢慢地摸了骨牌，码着码着，就把眼眯上了，手也停了动。仁老汉也不喊他，各自眯上眼睛会周公去了……

　　这时鸡鸭们又来了，把禾场当成了游乐场，它们尽情地撒着欢儿，黑猪把嘴巴吧唧吧唧得满是白浆，尾巴不停地卷着圆圈，怎么就卷不圆呢？再卷，公鸡咯咯咯地啄起一粒谷子，斜着眼丢在母鸡身边，其实就是一粒普通的谷子嘛，母鸡受宠若惊地跑过来，公鸡趁机踩上母鸡的背，把母鸡踩得羽毛乱翻……

　　石桌上，桂花已经落了薄薄一层。

　　等一个挑谷回家的汉子大喊一声，四个老汉才惊醒过来。四人看了看日头，估摸已到中午，便拍了拍身上小米一样大的花骨朵，计划着起身各自回家。他们闻到了空气里饭烧得有些糊的香气，知道家里的饭已经熟了，一壶米酒已经摆在了黑亮的木桌上。

　　再等一会，各家的老伴就慢慢悠悠地寻来了。不过也不害怕，老伴们也不大喊大叫，只咧着缺了牙的嘴看一会，笑眯眯的，然后他们就跟着一前一后，一左一右地蹒跚回家了。

……

我说的舫老汉是我爷爷，已经不在了，可惜那颗桂花树也被我儿子卖了，不知去了哪里。

缘

这篇文章写得很唯美，语言有音乐铿锵跌落之声。华美的包装如果没有充实的内容，文章就会是一个绣花枕头。文章睹物思人，借物言志，让我从萎靡消沉中反省警醒，走出藩篱。当我们欣赏文章的美的同时，能够心有所悟。那么，这就是一篇很不错的文章。

推开木窗，月亮正坐在桥楼的屋顶上，张着一张没有温度的、虚假的笑脸。水巷向远处铺展过去，像一些被丢弃的孝布。水雾中的白墙黑瓦都不甚分明，黑影幢幢，如无数鬼魅蛰伏，伺机而动。一些夜游的木船还没有回来，周庄女子的吴歌小唱，在清凉孤独的夜里愈加显得孤独清凉。

我的心一片冰冷。

我端起酒杯——我已经端不稳杯子。这是最后一杯"十月白"。我不知道楼下水巷的水有多深，但我相信八两酒下肚之后，我会在朦朦胧胧中躺进水乡泽国里。我不会再起来了。我相信今晚能在周庄与世诀别，是一种缘！

还有什么好说的，我爬向了窗台……

我往下坠，我的脚踩到了水，但水就像席梦思一般，我的身子

野猪横行的日子

又被弹上了一些。一个老人拽住我的胳膊。我被他扯着手，稀里糊涂地走。

我们走进了一个宅子，我看见门楣上挂着沈厅的牌子。

"这是阿婆茶，请吃。"老人坐定，向我示意。

"年纪轻轻，为什么轻生？"

"想听我的故事？"

"想听。"

"告诉你也无妨。我三十五岁，年纪不轻了。为了房子、车子、妻子，我将我所有的积蓄五十万投入股市。一个月，我的股值已经到了一百多万，眼见得已经梦想成真，可不想一夜之间，股市狂跌，我变成了一个穷光蛋，一切都化成了泡影。"

"所以你想到了死。你为什么要来周庄死呢？"

"我怀揣了仅剩的两万元出门，计划好，当我用光的那一天，就是我离世的一天。我来到周庄，用最后的钱买了一斤酒，那是我的壮行酒。"

"嗯，有想法。你知道我是谁吗？"

"不知道。"

"你想听听我的故事吗？"

"说吧。"

"元朝末年，吾乃江南首富，田产遍布天下，资巨万万。明洪武六年，京城重建，国库匮乏，吾献白金千锭，黄金万两，并代帝犒劳三军。不想，因此得罪帝王，被充军云南，女婿亦被流放，最可怜吾五子相继被害。因此，家道江河日下，一蹶不振。"

"你说，我该不该自杀？"

"你自杀了吗？"

"没有。"

"后来呢？"

"后来。洪武十九年，吾兄连坐，吾孙亦未能幸免，困死狱中。"

"还有，吾死后七年，妻女尽诛，婿家满门抄斩。"

"所以你自杀了。"

"不，我活了八十八岁，应该叫寿终正寝吧！"

"你是……"

"是的，我是沈万山。"

"你！！"我惊出了一身冷汗。一个人怎么会知道他死后的事！

……

我扶着板壁爬起来，把头搁在窗台上。此时，酒劲已经退去了大半，左右望望，沈万山已经不知去向。

我看见坐着的月亮站起来了，月光异常明亮，水巷的雾气如纱似幔，月光照着，隐隐约约间，如在梦里幻里。不声不响时，远远近近，错错落落的窗格子漏出点点斑斑温暖的灯光，水波金光闪闪、银光闪闪。此时的周庄、此时的夜，像一首意蕴深重的千年宋词，一行行写在水做的纸里。好想品一盏茶呀，与这无穷的意境唱和！

我竟然沉醉了！

第二天，我朝沈万山的铜像深深一揖，然后，背起了回家的行囊。

师　傅

　　快就是慢，慢就是快。这是一句大实话，也是一句哲理名言。可是生活中，我们往往贪多求快，其结果就是欲速不达，事倍功半。留心我们的生活，道理就在脚下。

　　我师傅号称前河（沅江南岸称前河，北岸称后河）第一刀。他又高又瘦，生着病，常年都吃着药。也许因为生病的缘故，他的脾气格外暴躁，对我们从来没有一个笑脸。

　　那时他带着我们三个徒弟。他自己从来不出手，整天把手反在背后，眼光恶毒地瞟来瞟去，稍有不顺心，便破口大骂。有一回我正砌墙，师傅猛然间一泥刀板子拍下来，差点拍碎了我的五个手指。

　　我的两个师兄都因为受不了师傅的规矩，学了三个月便逃之夭夭了。剩下我一个人，更加度日如年。好不容易熬过一年，好在我已经完全掌握了砌墙的手艺。

　　按照我们那儿的老规矩，学手艺要三年才能出师。我认为，所谓的三年出师，纯粹是师傅的借口。学徒期间，徒弟除了伙食费，所得收入要尽数交给师傅，还要给师傅做家务，师傅家有田的，还要给师傅插田。带一个徒弟，不亚于请了一个长工。这不是一种变相的剥削么！

　　我觉得，再跟着师傅学下去，已经完全没有必要，只不过是白白地再给师傅打两年长工，浪费青春而已！

行动上、言语上、表情上，我已经很明确地传达出了一个信息——我可以出师了，我应该出师了，我不可能再跟着师傅混了！

我相信，师傅已经收到了我的信息。

那一天，我们要帮人砌一段围墙。

师傅拿了一把泥刀。师傅要砌墙吗？我从来都没有看见师傅正儿八经砌过一回墙，他不是号称前河第一刀吗？我倒要见识见识。

我无比兴奋，我自信师傅砌不过我，他只不过浪得虚名而已。

我站在一头，师傅站在另一头，中间拉了一根砌墙的细线。

我用左手的拇指和食指轻轻地夹起一块七斤重的红砖，手一平，红砖自然而然落到我的手掌。五个手指顺势一旋，红砖就像一方轻盈的手帕在我手心里转起来了，转成了一朵好看的红花。

我这边，泥刀叮当作响，红砖上下翻飞。

师傅那边，师傅慢慢吞吞，像电影里的慢镜头，一刀一式，都好像很漫长，漫长得让人好笑。

砌第一层，我比师傅多出了两块砖。

砌第二层，我和师傅平手。

砌第三层，师傅比我多出两块砖。

……

砌到六层，师傅比我多出了二十块砖。

我开始手脚忙乱。一不小心，泥刀剁断了准线。师傅好像什么事没有，不要准线，一刀一刀有条不紊地砌墙。我开始全身冒汗，墙开始砌得东倒西歪。

把那堵围墙砌完，我的脸火烧火辣。

晚上，我还在黯然神伤。师傅突然来到了我住的偏房。师傅冷冷地说，你很聪明，我知道你想出师了，你出师吧，不过你记住，慢就是快，快就是慢。

一晚上我没睡觉，想不通师傅说的话。但是第二天一清早，我还是低着头告别了师傅。

我离开师傅，后来有了自己的企业。去年年底，我去看师傅，二十年我没有去看师傅了。

师傅已经七十多岁了，他已经变成一个非常和蔼可亲的老人。那天他正在自己家里砌一个猪栏。我自告奋勇地帮他砌，一边像父子一样说话。

师傅的动作更加慢条斯理。我暗暗加力，想超过师傅，我还没有忘掉手艺，红砖在我手心还能转成一朵红花。

师傅看出了我的意图，他嘿嘿地笑。

我也笑了，说，师傅，看你那么慢慢吞吞，可是我怎么就超过不了你呢？

师傅说，我砌墙，砖拿在手里，哪一个面朝下，就顺相拿着，一放下去就行了，不需要在手里翻来翻去。砌这一块砖的时候，眼睛的余光就把下一块砖看好了，不需要在砖堆里拨来拨去的选。我泥刀铲的灰浆，砌一块砖要用多少，就铲多少，一刀灰，一块砖，不多不少，不需要因为灰浆少了，把砖揭起来重新加灰，也不需要因为灰浆多了，用锤子使劲地锤砖。这样我少了很多动作，人就轻松许多是不是，后面也就更能干得长久是不是？你呢？砖在手心里转成一朵花有什么用，转成一朵花不要力气吗？不要时间吗？好像就那么一眨眼的时间，那么两个眨眼、三个眨眼、四个眨眼呢？时间就耽误了。大家都急啊！急啊！忙啊！忙啊！其实，快就是慢，慢就是快啊!

听了师傅的话,如醍醐灌顶。

回到公司,我请人写了一幅字,挂在醒目的地方:快就是慢,慢就是快。

父亲的土地

土地和父亲已经融为一体,不可分割。割让父亲的土地,就像割切父亲的骨肉一样难受。父亲就像植根土地的树,从土地上剥离父亲,就是把父亲连根拔起,将其风干在空气里。

母亲打电话来说,刀儿,你爹把村支书打了,你快回家一趟吧。

我非常吃惊。父亲是个非常老实本分的人啊!用别人的话说,树叶掉了都怕打破脑壳,都快八十岁的人了,怎么会突然动手打人?而且还打了村支书?

父亲不善言辞,不苟言笑,也不和人三五成群打牌喝酒,也不天远地远地到处赶着看戏听书。

母亲说,你爹是个怪物,打雷下雨,吹风落雪,一年四季杵在田里,喊都喊不回来。

每每母亲把饭弄好了,站在屋边的高坎上扯起嗓门朝田里喊,喊百把声父亲也不会回来。好不容易回来了,母亲气鼓鼓地问,你在田里挖到了金子是不是?你挖到了宝是不是?插田拌土弄了一辈子,你发了好大的财?不过就是麻雀啄米汤糊嘴!多时叫你把田丢了，到街上捡荒都强些，你不听！

父亲六十多岁的时候，我说，爹，插田太累，把田丢了吧。父亲不吱声。我说，爹，你投进的化肥、农药、种子、人工，折算起来是还要亏本的。

父亲知道，可是父亲哪会听啊！

去年遭了虫灾，父亲说，今年年成肯定好，冬天里下了那么大的雪。父亲喜形于色。

今年又遭了旱灾，父亲说，明年肯定雨水多，春雷打得早。父亲早早地就修整犁耙，上一层厚厚的桐油。

明年又遭水灾了。我暗暗地高兴，看见火塘边冬眠一样的父亲，心想，父亲这下肯定不会插田了。可是一听见春雨响，父亲立马又苏醒鲜活起来，立马就奔到田里去了。

年龄不饶人。父亲终于插不动田了，无可奈何之下，把田转给了堂兄。

父亲说，田转给你，我是有条件的，一，我不收你一粒谷，二，我不要你一分钱，但千万你就得给我插好了。

父亲继续说，春上，落第一场透雨，你要把老田埂挖掉。第二场雨，你要把田耕过来，要把新田埂筑起来，把水拦住。耕田，你一定要三犁三耙，那样田才会稳水。还有，高田埂上的芭茅草、小杂树一定要及时砍掉，不然根烂了，就像老鼠打的洞。还有，田里的杂草、稗子，看见了就要马上拔掉，落了籽，扯都扯不尽的……

那天父亲反反复复说了很多很多，那是父亲一辈子说得最多的一次话。

春雷响了，春雨落了一场又一场。山上的水流到下面田里，下面田里的水又流到下面的沟渠里跑掉。应该早就把田耕过来把水蓄住呀！但是田还荒着呀！父亲的心痛得一抽一抽，在田边捶胸顿足。

堂兄此时正在牌桌上如痴如醉。父亲一锄头砸在桌子上，叶子牌惊得像麻雀一样乱飞。

你发癫啊！老家伙。堂兄骂。

父亲怒不可遏，老子就要一锄头挖死你，你个狗杂种！叫你插的田呢？

父亲把田又收回来了。

我说，爹，你都七十好几的人了，你插得了吗？我又没时间帮你，你就给他插吧，插什么样就什么样，管他干嘛？

父亲说，照他那样搞法，田两年就废了。

我说，废了就废了，现在又不靠田吃饭。

父亲不理我，他听不进我一句话。

原来父亲用铁锹打村支书，也是为了那几亩田，我回家才知道。

村里要修水泥公路，村支书说，夏伯，村里决定把公路拉直，要压你家两块田。

父亲不干，父亲说，公路都弯了几十年了，而今就弯不得了？

村支书说，直路肯定好些，也不得出事故，车也开得快些。

父亲说，我从穿开裆裤活到胡子白，也没见到这弯道上压死人，而今就不安全了？开那么快干嘛？上京赶考啊？父亲有些胡搅蛮缠起来，这可不是父亲一辈子的性格啊。

支书懒得和父亲啰嗦，说，不管怎样，路是一定要拉直的。

父亲说，老子就不让你拉直。就一屁股坐在挖土机前不动。村支书上前去拉，父亲顺手一铁锹捧过去，拍在了支书的腰上。

野猪横行的日子

回到家，我有些气愤，说，爹，修桥铺路，是积德行善那！况且，田又不是我家私人的，压就压吧，压完了还好些。

父亲很吃惊地看着我，好像不认识我似的。突然，父亲骂道，你个败家子！然后，浑浊的泪水七折八拐地从他沟壑纵横的脸上蜿蜒下来。